主人公になり損ねたオジサン
西園寺《さいおんじ》千佳《ちか》
年齢：34歳
かつて裏社会で佐藤と行動を共にしていた。星の巫女と呼ばれ、膨大な超常の力を有している。裏の世界を離れ、会社の社長をしていたが……。生真面目で不器用な性格。
佐藤《さとう》英雄《ひでお》
年齢：34歳
十代の頃、裏の世界に巻き込まれ千佳らと運命的な出会いを果たす。一度は裏世界から離れるものの、その強さを見込まれ互助会の要請で復帰。会社の打ち合わせで、社長となった千佳と出会い……!?
JN188494

サーナ・ディアドコス　年齢：14歳（?）
梨華の通う学校に転校してきた謎の美少女。生真面目な優等生の印象だが、その正体は……？
西園寺《さいおんじ》梨華《りか》　年齢：14歳
千佳の娘。歪な家庭環境に反発して殆ど家に帰っていなかったが、佐藤と出会ったことで変化が起こる。明るい性格で誰にも分け隔てなく接するタイプ。

主人公になり損ねたオジサン
A man failed to be a hero
カブキマン
illustration 218

contents

プロローグ　主人公になり損ねた男

知り合いのババア（当時八九）と飲んでいた時の話だ。

良《い》い具合に出来上がった頃、ババアはこんな話題を切り出した。

『戦う系の少年漫画あるだろ？　ありゃあよくできてるね。実にリアリティがある』

どういうことかと詳しい話を聞いてみると、

『特別な人間が力を得る過程が正しく描写されてるってことさね。挫折や敗北。それは大いなる流れに選ばれた人間が新たな力を得るための通過儀礼なのさ。折れることで敗北することで強くならなければいけない理由を手にし、次に進むことができる』


これがただの凡人なら、そう上手《うま》くはいかない。

挫折したら折れっぱなし、負けたら負けっぱなしということも十分にあり得《う》る。

よしんば乗り越えられても目を見張るほどの何かを手に入れられることは稀《まれ》だ。

しかし〝主人公〟に選ばれるぐらいの立ち位置にいる人間は違う。

乗り越えその先を掴《つか》むことができたのなら普通の人間が得るよりも何倍何十倍もの成果を得られる。この世界はそういう仕組みの基に成立してるというのがババアの言だ。

『そういった手順を経ることで〝力〟は意味を持ち大きくなるのさ』

力を風船に例えよう。風船が〝力〟で、それを求める〝理由〟が空気だ。

力というものはそれを求める理由があってこそ大きくなるもの。

全てに意味ありき。大いなる力には相応の理由があって然《しか》るべきってのがババアの言だ。

とはいえ漫画は漫画、フィクションだ。

よっぽど捻《ひね》くれたストーリーラインでない限り主人公は最後にゃ必ず勝利する。

そういう部分はご都合主義だがエンタメ的には正しいんだろう。まあそこは重要じゃない。

ババアが言ってるのは特別な人間が力を得る過程のリアリティについてだからな。

そこまで話し終えたところでババアは盛大に顔を顰《しか》めてこう言った。

『そういう意味であんたは最悪だよ』

一々注ぐのが面倒になったのか瓶から直《じか》飲みしながら奴《やつ》は続ける。

『一七の頃のあんたは物語で言えば間違いなく主人公の立ち位置にあった』

あの頃、俺より相応《ふさわ》しい人間はいなかったとババアは断言する。

……正直な話、否定はできない。

当時、俺は幾度も俺って主人公みてえな人生歩いてるなーとか思ってたし。

『あの時代、良きにせよ悪《あ》しきにせよ世界は大きな変革を迎える流れにあった』

だろうな。実際世界の在り様を変えようとしてた馬鹿たれがいたわけだし。

『流れの中心にいたのは間違いなくあんたさ。主人公が持つべきものを全て持っていた』

……ああそうだな。その通りだよ。

普通の少年がある日を境に非日常へ足を踏み入れるとかお約束すぎる導入だよな。

飽きの来ない安心感のある王道シチュエーションだよ。半チャンラーメンセットみたいなもんだ。

『非日常へと誘う少女《ヒロイン》。思想を異にする友二人。世界を変革せんとする強大な敵。これだけの要素が揃《そろ》ってて主人公じゃないなら何だってんだい』

客観的に要素を並べられると俺ってばホント主人公……。

『にもかかわらずだ。あんたは何一つとしてその責を果たさなかった』

ババアの俺を見る目はとても険しい。

『力及ばず敗れたのならまだ良い。それは仕方のないことだし悪い方向であろうと世界は変わっていたはずだ』

悪い意味で世界が変わるとしてもそれは大きな流れの結果だから致し方なし。

またいずれ新たな流れがやってきて好転する可能性も生じる。

今を生きることに精いっぱいな人間からすればふざけた話だと思うがババアはそういう視点で生きてないからな。いざとなれば己を捨て石にすることも躊躇《ちゅうちょ》しない覚悟もある。

『だがあんたは勝ち続けた』

そう、俺は勝利した。

『挫折も敗北も知らず力を得るために必要な過程を踏み倒しその場その場でふわふわと成長し続けた。膨れ上がった力は強大無比。でも中身はすっかすかだ、まったく理由がなかったわけでもないが得た力と見合うだけの熱量はなかったはずさ』


最初から強大な力を持っていたわけではない。俺も最初は雑魚《ざこ》だった。

何なら成長イベントっぽいやつにも幾度かぶつかった覚えがある。

ここで敗北して、命からがら逃げ延びて更に強くなるんだろうなー……みたいなあれね。

でもそうはならなかった。そういうイベントの度に俺は何とかなってしまった。

ドラマチックな展開とかは何もない。苦戦してるなー、やべえなー、うん？　あれ？　これいけそうじゃない？　あ、やっぱいけたわ。みたいなノリで勝利し続けた。

圧倒的な勝利ってわけじゃない。その場を乗り切った直後はいっぱいいっぱいさ。

だが辛勝であろうが勝ちは勝ち。勝利は確実に積み上がっていった。


――――そうして行き着くとこまで行っちゃったんだよなぁ……。

『その結果が今の世界だ。現状維持。それもまた一つの答えではあったのだろうさ。だがそこに至るまでに断固たる決意がなければ台無しだ。世界は次へ進めない。在るべき流れを無為に堰《せ》き止めたせいで新たな流れが生じることもない。怠惰な停滞だよ。そのくせあんたは今も際限なく強くなり続けてる。何なんだいマジで。死んでくれ』
ひでえ言い草である。

「……——それが私だ！　私こそが人類の総意‼」


っと、そろそろか？

記憶の海から浮かび上がる。あんまりにも話がなげえもんだから別のこと考えてたわ。

視線の先では人の形をした〝闇〟が両手を広げ大仰なことを抜かしている。

この手の輩《やから》はどうしてこうも話が長いのか。付き合わされる身にもなってほしい。

おめー、明日は取引先に謝罪参りに向かうんだぞ。


「人は終わりを望んでいる！　だから私が生まれた！　集合無意識の海より私を生んだのはお前たちだ！　誰が止められる⁉　人類全ての願いを体現した存在である私を‼　誰にも止められるものか！」


ざっくり説明すると今、世界は滅亡の瀬戸際にある。

あれを放置すれば本当に世界が終わるだろう。

「人類最強、それは貴様とて例外ではない！　どれだけ強かろうと所詮は一個の人間。私は人類そのものの総意！　貴様とは質量の桁が違うのだ!!」

……もういいから始めようや。

口には出さないが白けた俺の態度があちらにも伝わったのだろう。

表情はないが何かキレてるのがわかる。

「死ねィ!!」

俺の顔面に拳が突き刺さる。

世界中の術者が総力を挙げて張り巡らせた幾億にも及ぶ結界がなきゃ日本をかち割りその余波で大津波を起こし世界に甚大な被害が及んでいたであろう威力だ。

しかし、俺は揺るがない。スーツがちょいと汚れた程度だ。

「こんな太鼓腹のオッサン一人殺せねえでなーにが人類の総意だい」

ッポォン！　とシャツの上から腹を打つ。

（我ながらだらしねえ体だ……一〇代の頃は痩せてたのになぁ）

これがデスクワークオンリーならわかるけどさあ。俺営業だぜ？

あと髪も気になってる。見た目は全然そんなことねえがシャワー浴びた後のと寝起きの抜け毛がな……最近ちょっと真剣に危機感を覚え始めてる。大丈夫なの俺？

「ば、馬鹿な……」

露骨に動揺する〝闇〟。

人類の意思を汲《く》み取って生まれた存在だからかやけに人間臭いリアクションだ。

「まあいい。要はあれだろ？　お前をどうにかしようってんなら人類全部を殺すぐれえの意気込みでやれってことだろ？」

　ぐるぐると肩を回し、

「――――人類殲滅《せんめつ》パンチ」

　拳を放つ。

「がっ……⁉」

「人類殲滅キック」

「ぎぃいいいいいいいい⁉‼」

「人類殲滅エルボー」

「ぐっはぁああああ‼」

「人類殲滅卍《まんじ》固め」

　そろそろ仕舞いだな。

「こ、こんな……こんなことが！　〝堰き止める者〟……ッ。き、貴様は……貴様は一体何だというのだ⁉」

　佐藤英雄《さとうひでお》三四歳。

「オッサンだよ。ちょっとばかり強いだけのな」

　主人公になり損ねた俺の人生は今も続いている。

一章　蘇る青い春、キミは今

一八年前

「……カスどもが」

互助会が経営しているホテルの屋上で俺は一人、毒づく。

遥《はる》か遠く。東京の中心部に見える巨大な樹《き》とその先端、絡み付く枝に守られるように鎮座する球体。あれは卵だ。無色透明。人間にとって〝都合の良い神〟を産み出すための。

位相のずれた空間に存在しているため裏の人間以外には見えていないので今のところ人々に混乱はない。

しかしそれも時間の問題だ。裏の人間だけとはいえ表の東京からでもあそこまでハッキリ見えるほど浸食は進んでいて各地では異常気象なども巻き起こっていると聞く。

影響はもう出始めている。このまま進行が進めば遠からず……。

明日がリミットだ。明日、日付が変わるまでにあれを破壊できなければ神が誕生する。

「高橋《たかはし》も鈴木《すずき》も何だってあんな」

人間にとって都合の良い神。それだけ聞けば良いもののように思えるがとんでもない。

都合の良いってのは神を造り出す人間にとって都合の良い存在ってことだ。

連中が、万人が何もしなくてもハッピーになれるような神を造り出す気なら良いさ。

でもそうじゃない。既存の秩序は完全に破壊される。

絶対の管理社会か未曽有の混沌《こんとん》か。

俺たちが阻止しなければ生まれる神はそのどちらかに世界を塗り替える。

奴らは良かれと思ってやってるわけだがパンピーにとっては傍《はた》迷惑極まりない。

「どっちも単独じゃ俺に勝てねえからってクズ同士がつるみやがって」

真世界、混沌の軍勢。相容《あいい》れぬ二大勢力。

しかし俺という共通の敵を前にまさかまさかの共同戦線を張りやがった。

思想的にはどう足掻《あが》いても相容れないんだぞ？　根性見せろやボケが。

そんな腰抜けどもが世界をどうこうなんざ片腹痛い。俺のヘソで茶が沸くわ。北野大茶湯《きたのおおちゃのゆ》レベルの規模の茶会が開けるわ。

「カスどもが」

毒が止まらない。散々悪し様に罵ってはいるが半分ぐらいは負け惜しみだ。

みっともない妥協だという言を曲げるつもりはないし奴らからしてもそうだろう。

苦渋の決断なのは間違いない。だが苦いものを飲み込んだリターンはあった。

妥協の結果、奴らは重要なピースを欠いたままでありながら不完全とはいえ悲願である人造神の誕生に手をかけたのだから。そこは認めるしかない。

明日、俺らがカチコミをかける手筈《てはず》になっているが俺を倒せば最後のピースが手に入るし勝てずとも凌《しの》ぎ切れば目的は達成できる。

「流石《さすが》の俺も世界を塗り替えられるような神格相手じゃどうにもならなさそうだしな」

何もかもが台無しになる。

そんな状況まで追い込まれたという事実が悔しくて悔しくて堪《たま》らない。

メラメラと怒りを滾《たぎ》らせていたが、ふと気配を感じ怒りを霧散させる。

「〝チカ〟ちゃん」

一連の戦いにおける最重要人物にして今や俺の相棒とも言える少女が屋上に入ってきた。

「ヒロくん、そんな薄着だと風邪引いちゃうよ？」

「フッ……おしゃれってのは時に無茶を通してこそだぜ」

「あはは、また訳わかんないこと言ってる」

チカちゃんは俺の隣に立ち、無言で忌々《いまいま》しい神の卵に視線をやった。

……出会った頃より、髪伸びたな。

そんな場違いな感想がふと頭をよぎり、少しだけ恥ずかしくなった。

「……大丈夫？」

「何がだい？」

「高橋くんと鈴木くんのこと」

「……」

言葉に詰まる。

「無理、してない？」

高橋、鈴木。あの日あの場所で出会った俺たちは一緒に裏の世界に巻き込まれ同じ時間を共有するうちに気づけば掛け替えのない親友になっていた。

ずっと一緒にいられると思っていた。だけど俺の隣にはもう……いない。

馬鹿たれどもの思想に共感して袂《たもと》を分かってしまった。

今やあのゴミツリーの中で俺を迎え撃つ準備をしていることだろう。

これまではなあなあでやってきたが最終決戦。中途半端な終わり方にはならないだろう。

「大丈夫かって言われたらそうとは言えないよ」

あるいは、どちらかに共感していれば少しは……いやないな。ないわ。

絶対の秩序も制御不能の混沌もアホらしいとしか思えない。

そもそもどっちかにつけばチカちゃんを犠牲にするってことだしな。普通にねえわ。

世界がどうだの……何でそこまで熱意を持てるのか。正直俺にはわからない。

世界の在り様とか考えてるから偉いんですかー？　なわけねえだろ禿《はげ》。すだれ禿。

俺には無理だ。何ならチカちゃんが絡んでるから戦ってるだけだもん。

チカちゃん関係なかったらカチコミかけようとも思わなかっただろう。

どっちが勝つにしてもまあ……その時はその時だよなって感じ。

「けど、やるっきゃねえっしょ」

心底イヤだと思うし避けられるなら避けたいと思う。

だがアイツらも覚悟を決めてるはずだ。自分か俺、どちらかが死ぬ覚悟をな。

アホらしい戦いではあるが親友二人がそこまでマジになってるのを無下にもできない。

モヤモヤ抱えたままラストバトルに突入するのは決定事項だ。

「……ごめん」

「チカちゃんは悪くないよ。うん、悪いのは良い年こいて現実も見ずに頭にハーブか何かキメてるアホな大人どもだ。マジで救いようがねえよアイツら」

両勢力の首領二人。アイツらは絶対キャン言わせる。

惨め極まる結末を叩《たた》き込む。何が何でもな。絶対地獄見せたらぁ。

「それよか未来の話をしようぜ」

「え、この状況で⁉」

「おいおいおい、何言ってんだチカちゃん。馬鹿ども全員キャン言わせたって人生が終わるわけじゃないんだぜ？　アイツらに殺されるとか君も御免だろ？」

明日はやってくるのだ。

負けるつもりは毛頭ない。実際の勝算がどうとか関係ない。負けない。勝つ。

二大勢力が消えれば最初は混乱するだろうがそれも徐々に消えていく。

そうなれば裏の情勢も落ち着いて今までよりも余裕を持った日々になるはずだ。

「ちなみに俺はアレな。明後日、日付が変わったら予約してるゲームを取りに行くつもり」

「いや近くない？　未来の話近くない？　明後日じゃん」

「明後日も未来だろ。わかった。じゃあもっと先な。ゲーム買ったら一週間は寝ずにやり込むつもり。何なら二周目突入したるわって感じ」

「いや近くない？　もっと先、近くない？　全然遠くないいんだけど」

ケラケラと笑う。良いね、調子が出てきたじゃないか。

チカちゃんの表情に見え隠れしていた不安が薄くなっていくのがわかった。

「チカちゃん」

「うん」

「勝とうぜ」

「……うん！」

少し、物理的な距離が縮まった。

俺は少し――いやごめん嘘《うそ》ついた。かなりドキっとした。

（こ、これはひょっとして、ひょっとしてこの流れは……!?）

俺の胸はかつてないほどにトキめいていた。

現在　通勤電車

〝堰き止める者〟〝閉ざす者〟〝最強のＫＹ〟。

これが何かって？　俺の二つ名の一部だ。

ＫＹは今じゃ死語もいいとこだがつけられた当時は全盛だったんだよ。

んで俺という最強の空気詠み人知らずがいるせいで裏《こっち》じゃ今も現役ってわけだ。

まあそれはさておきひでえよな。前二つとかラスボスか何かの異名じゃん。

でも俺はラスボスになれない。何せ世界をどうこうするだけの中身がねーからな。

本当に何もないってわけじゃない。人並みってことだ。

人並みの精神性じゃラスボスはやれねえ。

そしてラスボスと表裏一体でもある主人公も張れない。

デケエ役を張るにゃプラスにせよマイナスにせよ強い情熱が必要なのだ。

あの頃、俺にそういう何かがあれば違う人生を歩いてたのかな……。

(例えばそう、あの子と家庭を築いて子供が生まれてたり)

あの頃の俺には物語でいうところのヒロインに相当する女の子が傍《そば》にいた。

甘酸っぱいイベントも結構あったんだぜ？

でも、更に仲が深まるようなイベントを悉《ことごと》く外しちまった。

非日常に誘うヒロインらしく最初は俺よりも強くてさ。

ヒロインが命懸けで俺を守る系のイベントがあったんだが……普通に俺が何とかした。

最初はそういう流れだったんだけど戦ってるうちにこれいけるなってなって普通に勝った。

ヒロインが攫《さら》われ主人公が自分の無力を痛感するっぽいイベントもあった。

普通に守り通した。死に物狂いで戦ってたら勝てちゃったんだよ……。

そんなこんなで絶妙に仲が深まりきらないままラストバトルが終わった。

物語が終わった後は自然に疎遠になってそのまま今に至る。

俺は今も裏にいるがあの子は陽《ひ》だまりの中に歩いていった。

今どこで何をしているかも知らない。

調べようと思えば調べられるがちょっとそういう気にはなれない。

(俺が主人公になれていたのなら最終決戦前とかにそういう関係になれてたんかなぁ)

あるじゃん？　最後の戦いの前にさ。想《おも》いを通じ合わせてそのまま……みたいな展開。

初めて愛し合った夜の記憶がさ。絶体絶命のピンチの時に蘇《よみがえ》るのよ。

んでそれが主人公の執着になってギリギリで生き残るとかあるあるじゃん。

なかったよ。ピンチはあったけどいつも通り頑張って壁ぶっ壊して強くなって勝った。

童貞は全部終わった後、普通に風俗で捨てたよ俺。

(満員電車に揺られながら戻らない青春を悔やむオッサン……泣けてくるぜ)

俺の職業はリーマンである。そこそこ名の知れた会社の営業部で部長をやっている。

去年の春先に昇進して高校時代のダチは、

『俺らの中じゃ出世頭だな』

なんて笑ってたが……これはなあ。

前任が家庭の都合で急遽《きゆうきよ》職を辞することになり後釜でゴタゴタしてる間の中継ぎとして登板したのが切っ掛けだ。今は正式に部長になったが経緯が経緯なので素直にゃ喜べない。

（部長とはまだまだ一緒に仕事したかったんだがなぁ）

まあそれはさておきだ。表の一般企業で働いてはいるが生活のためではない。

貯《たくわ》えという意味では七代先まで子孫が遊んで暮らしても余裕なぐらいはあるんだぜ？

でもさ。あるじゃん。世間体がね？　あるじゃないですか。

高校卒業した後は遊んで暮らせば良いやとぶらぶらしてた。

昼間からぷらぷら遊び歩いてるチャラそうなガキ。どう思うよ？

バイトもせず遊びほうけてる奴とかそりゃ厳しい目にもなるよねっていう。

実際は俺の金だったんだけど世間様からどう見えるかだよ。

どう考えても親の金で遊んでるようにしか見えんだろう。とんだ親不孝者だよ。

（まあでも普通に働くのもこれはこれでな。主人公にゃなれなかったが悪いことばっかじゃねえよ。良いことだってたくさんあった）

金って意味では裏で一つ仕事をこなせば簡単なのでも年収分ぐらいは余裕で入ってくる。

でも表の社会で働くのも中々に楽しい……いかん、何か自分に言い訳してるみたいでクソだせえ……。で、でも事実だもん！　負け惜しみじゃないもん！

しょんぼりしながら会社に向かうと今日の謝罪参りの原因になった松本《まつもと》くんが俺を出迎えてくれた。めっちゃ凹《へこ》んでるじゃんね。

「あの、部長……すいません、ホント……お、俺のせいで……」

入社二年目。仕事にゃ慣れてきたが……それだけに危ない時期でもある。

慣れたと思ってポカをやらかすのはあるあるだ。

この子もその例に漏れず失礼をかましてしまった。

そのことについてはしっかり注意したが必要以上に責めるつもりは毛頭ない。

「反省しないのはダメだが、あんまり気に病みすぎるのも良くないぞ」

「でも……」

「ミスしない人間なんてどこにもいやしねえよ。生きてりゃ躓《つまず》くことは絶対ある」

その度に過剰なまでに自責の念を抱いてたら早晩、参っちまう。

「俺だってそうだし……お、丁度良いとこに。松本くん、今しがた漫画雑誌片手に出社してきた井上《いのうえ》くんを見なさい。あ、井上くん後で漫画貸してね」

「え、何すか急に？　漫画は貸しますけど」

突然話を振られた井上くんが軽く肩を跳ねさせる。

「あの子な。今でこそ一課の成績トップだが入社したての頃はやばかったぞ」

おめーよ、無礼講つってもマジに無礼かます奴がどこにいるよ。

酔っぱらって社長のヅラ剝ぎ取ってぶん投げた時とか俺史上、一番やばかったぞ。

だってアイツの教育係だったもん俺。

ただまあ怪我《けが》の功名とでも言うのかね？

あの一件で社長がそっちのイジリもいけるタイプだとわかったのは一つの収穫だ。

井上くんの黒歴史を話してやると、

「え、それは普通に引きます」

「だよな!!」

「……あの、何で俺朝っぱらから盛大にディスられてるんです……？」

「すまんね」

可愛《かわい》い後輩のためだ。許されよ許されよ。

松本くんをフォローしつつ、時間になったので彼を伴い取引先へ。

失礼をかましてしまったとはいえ挽回《ばんかい》不可能なほどのやらかしではない。

相手方もまだまだケツの青いひよっこなのはわかってたんだろうな。

そこまで目くじらを立てることもなく、松本くんがしっかり反省している様子が見て取れたのか許してくれた。俺としても一安心でほっと胸を撫《な》で下ろす。

そのまま商談に入り、パパっと話をまとめる。

あっさりと話がまとまったのは俺のお陰――ではない。松本くんの手柄だ。

ミスはしたが途中まではしっかりやれてたからこそトントン拍子で話が進んだのだ。

「いやしかし羨ましいですよ。トップが美人さんだとやはりやる気も段違いでしょう？」

「はは、いやいやまあまあ。男の性《さが》ってやつですかねえ。華があると気持ちの入り具合も……

ええ、社長を筆頭にうちの幹部は美人揃いですからねえ」

「うちの社長なんて、ねえ？　取柄といえばバラードが泣くほど上手いぐらいで」

仕事の話が終わればはいさよなら、ってわけにもいかない。

その後の軽い世間話まで含めてだろう。

対応してくれている社員さん。太田《おおた》さんっつーんだがこの人は当たりだ。

アフタートークやってて楽しいタイプの人なので俺もついつい興が乗ってしまう。

「え、何ですそれ」

「ああ、松本くんは知らなかったっけ。社長ね、歌唱力に関してはプロ並だよ。特にバラードはやばい。それで飯食えるんじゃないかってレベルだよ」

若い子が知らない年代の曲歌っても泣かせるからな。

見た目は「ヅラ被った小太りのオッサン」なのにバラード歌ってる時はマジカッケーんだ。

十八番は「ルビーのメリケン」。俺もシャッチョとカラオケ行くと絶対リクしちゃう。

「そこまで言われると私も気になりますねえ」

じゃあ今度カラオケスナックにでも、と話を持っていこうとした正にその時だ。

突然、応接室の扉が開かれた。ノックもなしにとは緊急の案件か？

現れたのは噂《うわさ》の美人社長だ。太田さんに用があったみたいだ。

にしても……おぉう、やっぱ別嬪《べっぴん》さんだわぁ。

そんな感想を抱きつつ立ち上がり松本くんと共に挨拶をしたのだが……。

「――――」

何故《なぜ》だか俺の顔を見たまま硬直してしまった。

いやまあ、確かに冴《さ》えねえオッサンでげすよ？　んでも一〇代の頃は俺もねえ、

「……ヒロ、くん？」

「は？」

それは社会人としてはアウトなリアクションだった。

でも、今の俺はそれを気にする余裕もなかった。

ヒロ、というあだ名で俺を呼ぶ人間は一人だけしかいない。でもそれは……。

「チカ、ちゃん？」

え、え、え？　いやだって名前……上も下も……。

困惑しながら見つめ合う俺たち。

「「────」」

かつてのヒロインとの再会はあまりにも突然だった。

（あ、左手の薬指……）

俺は心で泣いた。

同日夜　繁華街

西園寺《さいおんじ》千景《ちかげ》。俺を非日常へと誘った少女の名だ。

数奇な運命を持つ彼女に導かれ俺は目まぐるしい青春を送ることになった。

恨んじゃいない。色々噛《か》み合わなかったけどあの日々はかけがえのないものだから。

咲いた花が季節の移り変わりと共に散るように自然と消滅した関係。

二度と出会うことはないと思っていたのだが……。

「ごめん、待った？」

「そうでもないさ」

流石に就業中にあれこれ話すわけにもいかない。そこは社会人だから弁《わきま》えてる。

プライベートのことだし内容も内容だから長い話になるのは容易に想像できた。

なので仕事が終わった後に会う約束をしたわけだ。

「俺の行きつけの店で良いかな？」

「うん。ヒロくんがどんなとこで飲んでるのか興味あるし」

クスリと笑うチカちゃん。

あの頃とは全然違う……昔は可愛い感じの元気系だったからな。髪もショートだったし。

それが今や大人の女って感じで月日の流れをしみじみと感じるぜ。

ちなみにヒロくんってのはあれだ。英雄《ひでお》↓英雄《えいゆう》↓ＨＥＲＯ↓からのあだ名である。

（なげえこと呼ばれてなかったから若干、違和感あるなぁ）

他愛のない話に興じながら向かったのは乙女《おとめ》♂バー〝春爛漫《らんまん》〟。

くたびれた中年になっちまった俺の最強ヒーリングスポットの一つである。

会社に入って一か月ぐらいの時かな？　もう忘れたが何か失敗して凹んでたんだ。

そんな俺を元気づけようとしてくれたんだろうな。

シャッチョが飲みに誘ってくれて連れてきてくれたのがここ春爛漫。

ママのトークスキルが半端なくてすっかりドハマリしちゃった……。

「あらあらまあまあ、ヒデちゃんにも遅まきながら春がやってきたのかしら？」

店に入るなりママがキラキラ目を輝かせて聞いてくるが、

「そんなんじゃないよ」

「……」

マジで……既婚者だから……あ、やばい……マジ凹む……。

「ママ、奥の席使わせてもらうよ」

「はいはーい」

「とりあえずビールとテキトーにツマミ……チカちゃんはどうする？」

「私もビールで良いよ」

注文をして席に向かう。

おしぼりワイパーで軽くスッキリした俺は認識を歪《ゆが》める結界を張り巡らせた。

裏関係の話も出てくるだろうし、これぐらいはやっとかんとな。

「……随分、手慣れてるね」

少し驚いたようなチカちゃん。

まー、昔はこういう系統の技術は使わんかったしなぁ。

「ヒロくんはまだ〝あっち〟にいるの？」

「ああ。俺も戦いが終わった後に一度は足を洗ったんだけどなぁ」

戦いが終わった直後は流石に七代先まで遊んで暮らせるほどの金はなかった。

それでも俺が遊んで暮らすにゃ十分すぎる金は手に入ったからな。

めんどくせーしと一度は裏から足を洗ったのだ。

「互助会から力ぁ貸してくれって言われてさ」

一度だけのつもりだったが頼み込まれてそのままずるずると今に至るわけだ。

それで昨日みたいなファイナルバトル何回やらされたことか。

「……私には一度もそういうのなかったな」

「そりゃまー男と女なら扱いも違うっしょ。特にチカちゃんはこれまでがアレだったし」

良識ある人間ならもう戦いにゃ巻き込みたくないと考えるのが当然だろう。

それなら俺もそっとしとけやって話だが、俺の場合は何だかんだ勝っちゃうからな……。

そりゃ大人の扱いも雑になるっつーか。

ババアもあれだからね。昔は俺のこと気にかけてくれてたのに今じゃさあの有様。

さっさと死ねって言葉が日常会話で出るのおかしくない？

「ヒロくんは強く、なったね。もう随分と戦いから離れてる私には片鱗《へんりん》も摑めてないかもだけどわかるよ。あの頃とは比べものにならないぐらい強くなってる」

チカちゃんの言葉に苦笑が浮かぶ。

「やばくね？　って場面は何度もあったんだけどな」

「……その度にあれ？　でもこれいけるんじゃね？　で乗り越えたんでしょ？」

「まー、うん。ってか俺の話よりチカちゃんの話を聞かせてよ。名前、どうしたの？」

中島千佳《なかじまちか》。それが今の彼女の名だ。

苗字は……わ、わかる……けど下の名前が変わってるのは一体どういうことなのか。

見た目も丸っきり変わって、その上名前も違うとなればねえ？

事前に取引先の情報確認しててもわかんねーって。

「本当の意味で人生をやり直すなら良い機会かなって思ってさ」

「……あぁ」

「でもまったく違う名前も嫌だったからヒロくんがつけてくれたチカってあだ名を名前にしようと思ったの。繋《つな》がりを絶ちたくなかった……ってのもあるのかな」

照れくさそうに笑うチカちゃん……可愛い……可愛いよぉ……。

「……そっか。でも驚いたよ。まさか社長さんやってるなんてさ」

「兎《と》に角色んなことにチャレンジしたくってさ。それで気づけば……こんな感じ？」

「すごいな」

「そうでもないよ？　最初から全部上手くいったわけじゃないし」

「そこを含めてだよ」

力イコール経営手腕なんて式は成立しない。裏の実力者なんて肩書は何の役にも立ちゃしない。

ここまでくるのに手痛い失敗だって何度もあっただろうさ。

でもそこで諦めずに歩き続けた姿勢をこそ俺は称賛したいね。

「……ヒロくんは、変わらないねえ」

ドキっとするような艶やかな笑みだった。

何とも言えない気分で目を逸《そ》らしたのだがそれが良くなかった。

チカちゃんが脚を組み替え、ついつい視線を向けてしまった。

黒いパンストに包まれたムッチリとした脚に思わず生唾がゴクリ。

（青春の象徴の一つと言っても過言じゃないあの子に中年のねっとりとした性欲を向けてしまった……凹む……いやマジで凹む。今すぐ分身して俺の頰をブン殴ってやりたい）

そういう……そういうんじゃねえだろ俺ェ！

青春のよォ！　甘酸っぺえ思い出をよォ！　手前《テメエ》の手で汚してどうするの⁉

馬鹿！　俺の馬鹿！　でも男の本能が……ッ‼

「そういうチカちゃんは変わったよ。勿論《もちろん》、良い方向に。ああ、イイ女になった」

「ふふ、取引先の社長だからおべっか使ってる？」

「なわけないだろ。俺と君の仲に、そういうのは挟みたくない」

「わ、カッコイイんだ～」

悪戯《いたずら》な笑みにまたしても胸キュン。やべえな、今俺ものすげえ勢いで回春してる。

青い春を感じてる。手を伸ばしても摑めないものだとわかっちゃいるのに罪な女だぜ。

「よせよ。まあ何にせよ、幸せそうでホッとしたわ」

誤魔化すようにそう言うとチカちゃんの顔に影が差した。

「幸せ、か」

「……チカちゃん？」

「旦那は別の女のところに行って帰ってこないし」

ぐっはぁ⁉　やっぱり既婚者！　わかってた！　わかってたよ⁉

でもさぁ！　やっぱさぁ！　違うじゃん！　実際に言葉にされるとさぁ‼

いやそれより不倫⁉　何でいきなりそんなヘビーな話ぶっこむん？

正解のリアクションわかんねえよ。俺はどうすりゃ良いんだ……。

「娘も反抗期でギクシャクしてて殆《ほとん》ど家にいないし」

既婚の上に子持ち……ッッ！

やけに色っぽいのは子供を産んだ女の色気もあったのか……。

(あの頃よりもずっと綺麗《きれい》になった君を見て嬉《うれ》しい反面、こんなにも切ねえ)

あー、これもうあれだ。

明日一人でまたここ来てママに慰めてもらわなきゃ一週間は立ち直れねえ。

「最近は何やってるんだろ私ってずっと思ってたから……うん、今日ヒロくんと再会できたのはホント嬉しかった。久しぶりに心から笑えてる」

「チカちゃん……」

「今私、幸せかも」

誘うような潤んだ瞳で笑うチカちゃんを見て俺はハッと気づく。

（……指輪、嵌《は》めてねえ）

既婚者でも毎日毎秒指輪してるってことはあるめえよ。

でもさぁ、こういうシチュでそれってもう……。

小学校でも中学校でも高校でも教えてくれなかった。

青春時代、良い感じだったけど結ばれることなく別れた女の子。

大人になり殆ど思い出すこともなくなっていたのに偶然に導かれて再会。

その子は既婚者で軽く凹むんだけど昔を思い出して結構楽しく言葉を交わしてた。

（そんな時、不倫の誘いをかけられたらどうすれば良いのか先生は教えてくれなかった）

何のための教育だよ。俺は心で泣いた。

かつて俺を非日常（現代ファンタジー）に誘った女の子が今また俺を非日常（ある意味ファンタジー）に誘おうとしてる。

（何だろう、俺の青い春が加速度的に色を失っていく……）

もうチカちゃんって呼べねえよ、こんなん千佳さんだわ。

あの日の少女は……もう、いないんだ。

裏の社会と繋がってる俺だが表の生活を蔑《ないがし》ろにするつもりはない。

政府やら裏の有力者にはキッパリとそう言い含めてある。

じゃあ緊急の案件が飛び込んできた時はどうするのか。

偉い人らが手を回して作ったダミー企業がうちの会社と付き合いがあってな。

そっち関係の事情で出張って形になるわけだ。何でそんな話をしたかって？

丁度今、出張という名のゴミ掃除をやっている最中だからだ。

「運命《さだめ》の冒瀆《ぼうとく》者よ。今度こそ貴様に永遠の静寂を馳走《ちそう》してやろうぞ」

全長数メートルはあろう王冠を被った髑髏《どくろ》が俺を睥睨《へいげい》している。

はためく黒い外套《がいとう》。禍々《まがまが》しい大鎌。これ見た奴は大体、同じ印象を抱くだろう。

五年近く見てなかったが相も変わらずわかりやすいデザインしてやがるこの死神様。

「テメェも懲りねえなハデス～？　死神が何度もくたばるとかどんなギャグだ～？」

ただ滑りだ。笑い話にもなりゃしねえよ。養成所からやり直してどうぞ。

鼻で笑ってやると奴の眼窩《がんか》や口から漆黒の瘴気《しょうき》が漏れ出す。

周囲の植物が塵《ちり》になり大地が枯れていくが俺にゃ通じん。

初めてやった時はまー、生命への特効ってことで結構やばかった。

だがそこは俺。ピンチになっても結局何とかなっちゃったんだよな。

だから今の俺にはただの臭い息でしかない。何だろうな……ずっと掃除してない古書とかいっぱい詰まった蔵のにおいに似てる。

「何たる傲岸！　何たる不遜！　相も変わらず死を蔑視するその在り方……決して赦《ゆる》されるものではないぞ、佐藤英雄ォオオオオオオオオオオオ!!!」

「は～？　勘違いしないでくれますぅ？　俺が舐《な》めてんのは死じゃなくテメェだよ」

ブチッとスルメを噛み千切りながら言ってやる。

片手にスルメ片手に本日五本目のロング缶。頭にゃネクタイ。酔っ払いのフル装備だ。

緊張感もクソもありゃしないが仕方ない。言っちゃ何だが再生怪人みてえなもんだしな。

直接的な暴力って意味じゃ一か月ぐれえ前にやり合った闇よりゃ弱いし。

まあその分〝死〟という生命に対する絶対の権能がコイツのセールスポイントなわけだが俺にゃ通じんので意味はない。

「つーかさぁ……ぐびっ……やる前に……んぐ……聞きたいんだが」

「ものを口に入れながら喋《しゃべ》るなァ！　不敬どうこう以前の問題だぞ!!」

コイツ、妙なとこで生真面目よな。

俺は無視して続ける。

「別に何を企《たくら》もうがお前の自由だけどよ～。何で俺が生きてる間にやるわけ？」

ハデスは俺を嫌ってはいるが大目標は別にある。

その成就を願うのなら幾度となく土を舐めさせた俺と揉《も》める意味はないだろ。

「一〇〇年もすりゃー俺もくたばるんだからよぉ。それまでヘラヘラ外面取り繕う方が良いに決まってんじゃん。私情よりも大義を優先しろよ大義を」

それなら俺もこんなとこまで出張る必要はなかったのに……。

「君幾つ？　何年この仕事やってんの？」

「貴様という存在を看過するなら大義は重みを失う。殺さねば先へ進めんのだ!!」

「げっふぅー……ああそうかい。じゃ、さっさと終わらせようや。かかってきな」

ロング缶を握り潰し放り捨てる。

良い具合に酔いが回ってきたぜ。終わったら風俗でも行ってスッキリするかねえ。

「ふざけおって……ッ！　だがその態度がいつまで続くか見物だなァ!?」

「フラグ立てんなよ」

ハデスが両手を打ち合わせると同時に。煌《きら》びやかな曼荼羅《まんだら》が天空に浮かび上がった。

「む……これ、は……」

魂に直接、触れられているような感覚。

「死を司る神は命に対して絶対の権能を持つ」

少し、だるい。

「だが、同じ死の神同士でかち合えばどうなると思う？」

カタカタと骨を鳴らしながらハデスは嗤《わら》っている。

「支配領域だ。他の神の領域下で権能を振るえばそちら側の力が優先される」

「お前……」

「そうとも！　奪ってやったのよ！　閻魔《えんま》の権能をなァ!!」

上機嫌だったハデスが憤怒も露《あら》わに続ける。

「死なぬはずだ！　殺せぬはずだ！　同じ死の神が背後にいるのだから!!　赦せぬのは閻魔もよ！　死を司る神格でありながら貴様のような存在を看過す……!?」

「フンッ!!」

便所で気張る時ぐらいの気合を込め、絡みついていた死を吹き飛ばす。

「閻魔大王が俺に肩入れしてるって？　冗談」

閻魔大王ってのは死者に対して公平な裁きを下す存在だ。

そんな人……ってか神が一個人、それも生者に肩入れするわけねーだろ。

生前に閻魔大王が介入してたら死後、公平な裁きを下せねえ。

心情どうこう以前に肩入れしたという事実がノイズになるからな。

「一個人の人生狂わせまくってるテメェんとこと一緒にすんなってんだ」

ってかコイツ、閻魔大王襲ったんか……。

確かに死の権能を譲り渡されちゃいるが死神ってわけでもねえのに。

(取り返さんとまずいわな)

ゴキゴキと首を鳴らす。体に不調はない。

初手から最大のカードを切ったみたいだし、これ以上はなかろう——終わらせる。

「ガっ!?」

一息で距離を詰めハデスの頭に手を当てそのまま地面に押し倒す。

地面に顔を押し付けたままハデスに人類の決定を告げる。
「お上からの通達だ。お前を完全に消す」
ハデスはオリュンポスの重鎮だ。
それゆえこれまでは討伐はしてもそれ以上はなかった。
人間側としてもオリュンポスと事を構えるのは避けたかった。
が、ものには限度ってもんがある。神だからと好き放題されちゃ堪らん。
神々は今も尚、大きな影響力を持ってはいるが神代ほどではない。
人間側が揉めたくないと思っているようにオリュンポスも全面戦争は望んじゃいない。
「もう庇《かば》えなくなったってよ」
正直な話、俺はハデスのことは好きじゃない。好きになる要素がない。
だが存在ごと消滅させようってほど嫌ってもいない。
いや嫌ってないってよりそこまでの熱量を向ける相手ではないと思っている。
だが俺に依頼した連中はハデスの完全消滅を望んでいる。
オリュンポス側に受け入れられないなら俺を投下すると通告したらしい。
俺は核か何かか？
「ほざけ！　死を司る私を消すだと⁉　できるものかァ‼」
そう、そこだ。オリュンポス側は完全消滅させられたのなら受け入れると答えた。
一旦殺してもどこかでポップすると思ってんだろう。

だから俺は偉い人らから何としても完全に消してくれと頼まれ……考えた。

「できるよ。多分だけどな」

俺の体から白い光が立ち上る。

「相反するものをぶつけてやればひょっとすればひょっとするんじゃねえか？」

ハデスに触れている手を通して〝命〟を注ぎ込む。

誰でも思いつくような発想だ。過去に試した奴もいるだろう。

現に今も注ぎ込んだ端から殺され続けている。

しかし、しかしだ。

「あがががががが……⁉︎!!!」


――――無限ってことはあるめえよ？


どっかで限界が訪れる。そこまで注ぎ込めば何とかなるかもしれない。

俺の想定は正しく、一〇分ほどでその時は訪れた。

「お、おのれ……おのれおのれぇえええ！　背徳者め！　貴様には必ず裁きが……ッッ」

パン、と風船が割れるような呆気《あっけ》なさでハデスは消滅した。

「必殺ならぬ必生奥義ＳＰＥＬＬ ＭＡＧＩＣ……ってな」

いやこれは流石に下ネタが過ぎるか。

確かに生命力って意味ではあれだけどぉ……親父《おやじ》ギャグにもほどがある。

何にせよこれで仕事はおわ……いやこれ消滅したか？

消えはしたけど完全かどうかはわからん。俺にしても初めてのことだからな。何年かしてリポップしたかどうか確かめないと断言はできん。

「まあでもとりあえずは報告だな」

スマホを取り出し連絡を入れようとして気づく。

「あおん？」

メッセージの通知だ。タップすると……千佳さんから食事の誘いが来ていた。

「ひえっ」

俺は失禁した。

都内某所　スーパー銭湯

ハデス討伐の報告を入れ、仕事は終了。

一応やるだけやったがどうなったかはわからんと伝えたが……。

『まあ、君で無理なら他の誰にも不可能だろう。お疲れ様。報酬は既に振り込んである』

とのこと。

俺がハデスと対峙《たいじ》してる時にゃもう振り込んであったらしい。

信頼……と呼ぶにゃそこまで仲良いわけでもないんだよな。

向こうはどう思ってるか知らんが俺からすれば仕事の依頼主以上ではないし。

仕事を終えた俺はその足で健康ランドに向かった。

何でかって？　……言わせんな恥ずかしい。

湯船に浸かりながら思うのはハデスのこと——ではない。

千佳さんだ。一か月ほど前、予期せぬ再会を果たしたわけだが……。

あれからちょいちょい飯やら飲みの誘いが来るんだよ。具体的に言うなら週四ぐらいで。

断ればいいじゃんって言えばそこまでの話だが、俺だって人間なんだよ。

（千佳さんになったとはいえ思い出が全て焼却されたわけじゃねえんだ）

電話での誘いの時とかマジやばい。

断った時の電話越しの寂しそうな声。表情も想像できちまう。

無理無理。俺、あの子が悲しそうな顔してるのに耐えらんない。

かといってずっぷりいっちまうのも無理。色褪《あ》せはしたけど今も瞼《まぶた》の裏に焼き付く俺の青い春が耐えられない。いざその場面になったとして俺の俺（意味深）は……。

（ただ飯行くだけなら良いんだがなあ）

こんなこと言うとお前自信過剰じゃね？　と思われるかもだがそうじゃない。

ちゃんとした証拠があるんだよ困ったことに……いや喜ばしいとも？　言えるのか？

まずね、会う時は絶対、指輪外してる。

千佳さんが指輪してるの最初に会社で会った時だけだよ。

あとね、これはこないだの話なんだけど居酒屋で飲んでる時にさぁ……。

見ちゃったのね、パンツ。偶然ね？　いや偶然かな？

ともかく見たわけ、下着を。すっげえの穿《は》いてた。角度とか透け具合がやんべえの。

めっちゃ興奮した。帰った後シコった。死にたくなった。

これもう絶対そうだろ。不倫《ダークファンタジー》への誘いでしょ。非日常に引きずり込もうとしてんだろ。

諸々《もろもろ》の理由で頑張って耐えてっけどよぉ。

(俺は俺を信じられない)

どこまでやれるのかっつー話だよ。いやエッチな意味でなくてね？

とりま今日の誘いは裏系の仕事の後始末あるからごめんで断った。代わりに明日飲みに行くことになったがひとまずは安心だ。問題の先送り？　仰《おつしや》る通り。

(つれえわ……)

そう思いつつ、心のどこかで嬉しさを覚えてる俺にも自己嫌悪。

俺さぁ、思ってたんだわ。ガキの頃、しみったれた大人を見てよ。

冴えねえなぁ。だっせえなぁ。こんな風にはならねえぞってよ。

でも大人になってわかった。大人って大変。次から次へと悩みがわいてくる。自分の弱さが浮彫になる。一〇代の頃の謎の無敵感は一体どこへ行っちゃったの？

(なあ、一〇代の頃の俺よ。信じられるか？　俺さ、今日さ、良い年して漏らしたんだぜ)

まあでも初めてじゃないがな。

ぺーぺーの社会人の頃にも飲みすぎて寝て起きたら……ってことあったし。

（大人になると涙腺が脆《もろ》くなるってのは聞いたことあるが尿道も脆くなるんだな）

アホなことを考えながらひとっ風呂終え、健康ランドを後にする。

「っと……ふふ」

吹き抜けた四月の温かな風に思わず頬が緩んでしまう。

（飯……の前に少し歩くかぁ）

出張と偽ってるのに普通に都内にいるわけだが問題はない。

会社からは離れてるし、見つかっても俺が俺とわからぬよう細工はしてあるからな。

ベンチに腰掛け、憎いあんちくしょうを一気に喉奥へと流し込む。

途中のコンビニでレモンのしゅわしゅわを三本ほど購入し、公園へ。

「ふぅー……」

「んんんんん!!」

天にも昇れそうな快楽が俺を襲った。今なら多分、月に行ける。

「っべえ。マジやっべえ。俺の俺が俺で俺はどうなってんだ」

語彙《ごい》が死ぬわこんなん。

大人の辛《つら》さを散々語っといて何だが、大人だからこそ味わえる幸せもあるよねっていう。

「飯ぃ、どうすっかなー」

朝からジャーキーやらナッツやらツマミばっか食ってたからガッツリ行きたい気分だ。

ラーメンに餃子《ギョーザ》、んでチャーハンなチャーハン。トンカツも悪くねえ。

「いや待てステーキって選択もありだ。ライスはバター……いやガーリックだな」

でも焼肉も良いかもしれん。たっぷりの白飯に肉肉肉野菜はなし。

「ひたすら網の上で肉を焼くんだ。ホルモンとかもがっつりいっちゃう♪」

ぐてーんとベンチにもたれかかってぼんやり茜《あかね》色の空を見上げ飯に思いを巡らせる。

傍から見りゃダメ中年そのものだが俺個人としてはかなり充実してるので問題ない。

と、その時である。

「ねえねえおじさ〜ん」

鼻にかかるような甘ったるい、媚《こ》びた少女の声が耳に届いた。

おいおいおい、そういうのやってそうなオッサンに見えるわけ？

軽くショックを受けつつ視線をやり、

「おじさん、一人？　良かったらさぁ、ご飯とかどう？」

絶句した。

内跳ね気味のショートへアー。猫を思わせる愛らしい顔立ち。

すらっとしたスレンダーな体つき。

（ちか、ちゃん……？）

あの頃の彼女よりも幾分か幼いが俺の知る西園寺千景に瓜《うり》二つだ。

年の頃は一三、四歳ぐらいだろうか？

あんまり話さないけど千佳さんの娘は中学生ぐらいとか言ってたっけ。

他人の空似……ってこたぁない。見た目もそうだが気配。

千佳さんは特別な生まれで特別な力を持っている。だからこそかつては色んな奴に狙われたわけだが、その特別な力はポンポン生まれ出るようなものでは断じてない。

同じ気質を持つ彼女は間違いなく千佳さんの娘だろう。

（う、うわぁ……うわぁ……）

青春を共にした気になる女の子。

再会してから色々な意味で複雑な関係になってる女性。

（そんな人の娘にパパでカッツな誘いをされるとか……こんなことってある？）

俺は心で泣いた。

何？　何なん？　俺の心を複雑骨折させてどうしようっていうのよ!!

「ちょっとおじさん、聞いてるぅ？」

むぅ、と頬を膨らませる少女。申し訳なく思うがそれどころじゃない。

いやね。俺も法に触れねえ範囲で結構、遊んできたからわかるよ。


――まず間違いなくこの子は一線を越えてない。

やっぱね。経験すると変わるんだわ。男も女も。ちょっと擦れた感じになる。

でもこの子にはそういう擦れた空気は一切なく背伸びをしているようにしか見えない。

普通に飯奢《おご》らせたりとかその程度なんだろう。でも普通の中学生はそんなことしない。

（おめー、どうすんだこれ……）

千佳さんによぉ、言えるか？

おたくの娘が俺にパパカッツを仕掛けてきたとかさぁ。言えねえよ。

かといってこのまま放置もできねえ。大人としてな。

俺が釣れないなら別のオッサンを釣りに行くだろうし……何とかせにゃならんだろ。

「……お嬢ちゃん、名前は？」

「中島梨華《なかじまりか》だけど……ってかどうなの？　ご飯連れてってくれる？」

……今日で良かった。

裏の依頼の後はあぶく銭だから多めに現金を下ろして散財するようにしているからな。

懐から取り出した封筒を梨華ちゃんに手渡す。

「は？」

「一〇〇万入ってる」

その言葉にギョッとして梨華ちゃんは封筒の中身を確認。そして露骨にキョドりだす。

「あ、いや……あの、私、そういうんじゃ……」

ここまでの金を渡されたんだ。そういうことをされると思ったのだろう。

「別に何も求めやしねえよ。そいつはくれてやる」

「な、なん」

「君ぐらいの年頃ならまあ、家に帰りたくないって時もあんだろ」

俺にはそういう時期はなかったが友人たちは大体、こんな感じだった。

何でなかったのかって？　ほら、あの頃の俺は主人公っぽい立ち位置だったからね。

親が海外出張で一人暮らしをしていたのだ。高校生の一人暮らしとか主人公あるあるだろ？

だからまあ、親うぜーとか感じる土壌がなかったのよ。

「でもこういうのはこれっきりにしときな。少なくともそいつがなくなるまではな」

じゃなきゃどこかで痛い目を見るかもしれないと言い含める。

「それとこれ」

メモ帳からページを千切り走り書きで住所を記す。

「……メモと……名刺？」

「寝床が欲しいならそこ行け。その名刺渡せばタダで泊まらせてくれる。金は宿泊費以外の生活費に使いな。そんだけあれば贅沢《ぜいたく》しなきゃしばらくはもつだろ」

裏の人間が表で利用する宿泊施設だが、俺は顔が利くからな。

俺の紹介で来た表の人間がいるなら配慮はしてくれるはずだ。

……西園寺千景を知っている人間に出くわす可能性もあるが、まあ大丈夫だろ。

血縁だとわかれば俺の逆鱗《げきりん》に触れかねんと露骨に距離を置くと思う。

「逃げるのは悪いことじゃねえ」

でもいつまでも逃げられるわけではない。

「そのうち、向き合わなきゃいけない時が来る。それを忘れんなよ」

「あ」

ポンと軽く頭を叩くように撫で、公園を後にする。

(満点の対応じゃないだろうが)

俺にできる限りのことはやった。

(ああでも、明日千佳さんと飲みに行くんだよな……めっちゃ気まずい)

俺の向き合わなきゃいけない時、早すぎだろ……もうちょい逃げさせろや。


終業時間になりオフィスが俄《にわか》に活気を取り戻し始める。

学生の頃も放課後になるとはしゃいでたが大人になっても同じことやってるってのはちょっと面白いよな。人間なんて年食ってもそうそう変わらんってことだろうか?

それぞれ予定があるのだろう。そわそわと帰り支度を始めた部下たちをよそに俺は煙草とライターを手にオフィスを出て途中の自販機で甘ったるいコーヒーを買って屋上へ。

「おや、佐藤くんじゃあないか」

「どもっす」

先客がいた。社長だ。

煙草《たばこ》を咥《くわ》え火を点《つ》けようとしている社長に軽く挨拶をして俺も隣に並ぶ。

柵にもたれかかりオフィス街を見下ろす。俺はこの時間のこの光景が妙に好きなのだ。

昼間は別に何も思わないんだが、夕刻から夜の時間帯のオフィス街とそこを歩く人を見るのが好き。シャバに出たばかりの囚人のような晴れ晴れとした顔の人もいれば、まだ仕事があるのかぐったりしてる人もいてさ見てて飽きないんだよな。

繁忙期や用事がある時以外は大体、これを見てから帰るのが俺の日課だ。

「ねえねえ佐藤くぅん」

「何です？」

「ちょっと相談があるんだけど」

「はあ」

「実は僕さぁ、昨日娘と喧嘩《けんか》しちゃってねえ」

ほうほう、娘さんと。

えーっと確かぁ……今は高校二年生だっけシャッチョの娘さん。

小さい頃は会社のＢＢＱやら忘年会新年会に来てたっけか。

小学校卒業したあたりから恥ずかしくなったのか顔出さなくなったけど奥さんそっくりで可愛い子だった記憶がある。

（俺も顔出してる時は毎年お年玉あげてたっけな）

おじさんありがとー！　ってほっぺにチューとかされたわ。可愛かったなぁ。

「具体的な内容は伏せるけど。お父さん、みっともないって言われてねえ」

「ははぁ」

「おいおい佐藤くん。人と話す時は目を見なきゃダメだぜ？　ちょっと視線ずれてるよ」

「ずれてるってかずらしてるってか」

「何を言ってるかまったくわかんないね！　僕ぁ心配だよ。君、営業部のボスだよボス～そんな調子で大丈夫～？」

「まあはい。社長のそれよりゃ問題ないかなって」

「何だいそれって。まるで意味がわからないな!!」

まあね、娘さんの年頃からすれば恥ずかしいよなぁ。

俺もガキの頃思ったもん。ヅラの奴、いっそ開き直って完全なハゲにしちまえよって。

中途半端なすだれだったり、ヅラ被ってまで隠すのは逆に恥ずかしいじゃんってさ。

でもね、違うんだよ。密かに危機感を覚え始めた今だからわかる。

(何で育毛剤が売れてるのかっつー話よ)

諦められねえんだ。ふさふさだった頃の自分を。

僅かに残ったそれすら手放しちまったら、もう二度と取り戻せない気がして怖いんだ。

だから手放せないし、在りし日の幻想に縋《すが》りたくて嘘をついちまう。

まあ社長この場合は一度恥かいてからはコミュニケーションツールとして使ってる節がある

けどな。芸人の振り的な？　今のやり取りも相談の名を借りた駄弁りっぽいし。

「シャッチョの娘さんは真っ直《す》ぐな良い子ですね」

「何だい何だい急に。いやまあ、僕の娘が良い子なのはその通りだがね？　見え透いたお世辞言われても嬉しくないぞぉ？」

「だって見るに堪えない真実にも目を逸らさず立ち向かっていくんですから」

「何かおかしくねえか？」

「まあ確かに拭えませんよね、不自然さ」

「そうじゃなくて」

煙草を一本吸い終わるまで漫才じみたやり取りをして満足したのだろう。

社長は話題を切り上げ満足げに手にしているミルクティーを飲み始めた。

やっぱ相談の名を借りた駄弁りだったわ。

「……社長」

「うん？」

「ちょっと、聞いてほしい話がありまして」

「ほうほう。言ってごらんよ。僕ぁ、こう見えて五反田《ごたんだ》の父と呼ばれたこともあるぐらい悩み相談には長《た》けてるのさ」

五反田ってまた微妙な……そして懐かしいネタ……新宿《しんじゅく》の何だっけ？　まあええわ。

「社長の同級生にもやっぱり子持ちの人、いますよね？」

「そうだねえ。高校の同期は大体結婚してて半分ぐらいは子持ちだよ」

「その人らと今でも継続的に付き合ってたりします？」

「うん。東京にいる奴らとは家族ぐるみで付き合いがあったりするよ」

なるほど。

「高校時代に淡い想いを抱いてた子が所帯持ってるのは嬉しくもあり切なくもあり……」

「……へえ。気になってた人に子供がいたんですか」

他人事とは思えねえな。

まあ社長の方は家庭あるから引きずってないみたいだけど……泣ける。

「ああ、女の子でさ。うちの子と同じぐらいなんだが……写真見せてもらったんだがこれがまたそっくりでねえ」

青い春を思い出したよとシャッチョは笑う。

相談してるの俺なのに滅茶苦茶刺さってるんですけど？

黒ひげやってるんじゃねーぞってぐれえ俺のハートにグサグサ刃が刺さってんだけど？

「っと、すまないね僕の話ばっかり。続けておくれよ」

「ちなみにその娘さんと直接の面識は？」

「ないね。彼女は地元に残ってるし」

「……例えばの話、なんですけど」

「うんうん」

「その人の娘さんが」

「娘さんが？」

「…………社長にパパ活的な誘いをかけてきたら、どうします？」

「――――」

社長は絶句していた。口の端からミルクティーがぽたぽたと垂れてる。

「……まあ、パパなアレっても食事奢らせるとかその程度のラインです」

「……」

「例えばの話ですよ？」

「う、うん……例えばの、例えばの話だよね……わ、わわわかってるさ」

これは……察してるな。

空気読めねえ奴が会社なんぞ興せるかっつー話よ。

滅茶苦茶キョドってるシャッチョを見るのは大変心苦しい。ホントにごめんなさい。

でも相談できる年長者つったらシャッチョかママぐらいなんだもん。

ママにもどっかで相談しようとは思ってるが、切り口は複数あった方が良い。

生々しく想像できる立場にいる社長なら尚更だ。

「気になってたあの子に、言えます？」

「そ、それは……ちょっと、あの……難しいっていうか……いや大人としてはだね……」

「ええ」

「うん……」

そこで会話は途切れた。

「「……」」

気まずい沈黙だ。何だここは地獄か？

今のこの状況と比べればハデスに絡まれて臭い息吐かれてるのさえ極楽に思えるぜ……。

「……何か、すいません」

まあうん、これは俺が悪い。社長に非は一切ない。

「……いや……僕の方こそ力になれずごめんよ……」

俺は無言で温《ぬる》くなったコーヒーを口の中に流し込んだ。

胸やけするぐらいクッソ甘いはずのコーヒーなのになぁ。

（やけに苦いぜ……）

俺は心で泣いた。


ゴールデンウィークである。

去年は案件が立て込んでて休日も返上で会社に詰めてたが今年は休めることになった。

いやゴールデンウィークでも働いてる奴は幾らでもいるだろ——仰る通りだ。

でもうちは違う。いわゆるホワイト企業なのよ。

『ぼかぁね！　気持ち良く仕事がしたいから起業したんだよ‼』

というのは社長の言である。

転職でうちに来たガツガツ行くタイプの社員がいたんだが、そいつに絶妙な上から目線で業務改善を勧められた際にキレた社長が言い放ったのだ。

そりゃまあ、お仕事ですもの。何もかんも理想通りとはいくまいよ。

繁忙期だってあるしさ。いつでもゆったり仕事できるわけじゃない。

でもそうあろうとする心がけを忘れるべきではない。大事だよね、初志って。

ちなみに件《くだん》の社員は半年ぐらいで辞めた。後で調べてみると前職でも職場の空気を乱していづらくなり辞めたとのこと。

ま、それはさておき連休である。初日は家で一日中酒かっ喰《く》らい寝て過ごした。

……ふふ、無駄な時間の使い方ではないぞ？

一日完全なチャージタイムを設けることで残りを存分に満喫しようという高度な戦略だ。

一一時前に起きた俺は敢《あ》えて朝飯を食わず空《す》きっ腹のまま事前に目をつけておいたエッチなお店に直行。まあまずはね。スッキリしてえなって。

スカっとした気分でお休みを始めようというね。戦略戦略タクティクス。

ちなみにお店は色々な意味で〝当たり〟だった。

（うんめえ……）

スッキリした後は飯だ。

更に増した空腹を解消するために選んだのはチェーンのバーガー屋。

学生の頃にこういうとこ入り浸ってた反動かな？

就職してからは徐々に頻度が減っていき、最近だと……多分一年近くは来てなかった。

それゆえのチョイス。俺の狙いは当たりも当たり大当たり。マッジうめえんだこれが。

実際の味より何倍も美味《おい》しく感じるのは久しぶりだからだろう。

そうなることを狙ってたが効果は予想以上だった。

(口に山ほどポテトを放り込んでバーガーと一緒に食べるの……好きなんだよなぁ)

芋と肉のタッグがね、良いんだこれが。

テーブルに山と積まれたバーガー、ポテト、ナゲット。シェイク。ご機嫌なメニューだ。

まあ食べてるのはしょぼくれたオッサンだがな。それも一人ぼっちの。

絵ヅラ的にゃちょっとアレだがそこは問題ない。

何のための超常の力だよ？　こういう時でも人目を気にせずにいるためのものだろう？

(あー……良い、良いぞぉ……良い感じにポイント貯《た》まってる……)

個人的にだが連休ってのは徐々にギアを上げてくもんだと思うんだ。

折角の休みだからって何かしなきゃと焦るのは良くない。

コツコツ小さな幸福ポイントを積み上げて緩やかな上り調子に持ってくの。

んで最終日は家でダラダラするぐらいが丁度良いのよ。

それだと休み明けもわりと良い気分のまま仕事に戻れるんだわ。

ま、あくまで俺個人の感想だが。

「ふぅー……ごっそさん」

両手を合わせてごちそうさま。店を出てあてもなく歩き出す。

さあ、これからどうしようか。雀荘《じゃんそう》にでも行って軽く半荘《ハンチャン》打つか。

映画館に入ってテキトーに何か見るのも悪くない。

前評判とか一切調べず完全にフィーリングだけで決めるのだ。

外したら外したで後々の笑い話にできるから損はない。

「……そういや昔、千佳さんと映画観に行ったっけ」

ふと、映画で千佳さんとのことを思い出した。

何でそういう流れになったかは忘れたが日常パート的なとこで映画見に行ったんだ。

けどクソつまんねえんだこれが。それで金取るとか殆ど軽犯罪だろってぐらいな。

終わった後、公園で散々映画に関わった連中への文句言い合ったっけ。

んで一しきり文句を垂れた後で、何かおかしくなって死ぬほど笑ったんだ。

「ああそうだ。そうだった」

外れ映画でも前向きに捉えられるようになったのはあの時の思い出があるからなんだと今更ながらに気づいて俺は笑ってしまった。

（……今度、千佳さんを映画に誘ってみようかな）

んでこう、ワンチャンあの頃の彼女に戻らないかな。

今の綱渡りみたいな関係が改善されて「昔はヒロくんのこと好きだったんだよね」みてえなことを冗談めかして言える感じに。

(千佳さんといえばあの子、娘さん)

あれから俺が紹介した宿を結構な頻度で利用してるらしい。

スタッフにそれとなく様子を教えてくれと頼んだから定期的に話が入ってくるのだ。

男連れ込んでるとかもなく、何ならフリースペースで勉強とかもしてるそうだ。

真面目ってよりかは気を紛らわせてるとかそういうとこだろう。

(家に帰りたくねえってのは千佳さんと旦那が悪いんだろうなぁ)

かといって俺が口を出すのもちげえしな。

よそ様の家庭のことで偉そうに説教できるほど俺は立派な人間じゃねえ。

(はぁ……とりあえず一度、しっかり梨華ちゃんと話をしてみるかねえ)

金と場所だけ与えて知らん顔、は流石に酷《ひど》いしな。

どうなるにせよ一度会おう。会って話そう。

そう決めたのなら即行動。宿に向け歩き出そうとした正にその時だった。

〝――――たす、けて……ッ〟

キィン！　と頭の中に声が響いた。

この現象、この感覚、覚えがある。共鳴だ。

(梨華、ちゃん……!?)

昔とある事情で千佳さんの血を体内に取り込み一時期、俺は彼女と深く結び付いていた。

その影響というか副作用で強い感情が伝わってくることがままあった。

次第に解消されていったし、戦いが終わってからは一度として共鳴はなかった。

まだ繋がりが残っていたのか、或《ある》いは再会したことで眠っていた血が励起《れいき》されたのか。

何にせよ母と同じ力を持つ梨華ちゃんの声が繋がりを通して聞こえたのは間違いない。

(クッソ!　どこだ、どこにいる!?)

繋がりを利用し逆探知を図るが繋がったのは一瞬だけだったらしく今は途切れている。

場所がわかれば転移することもできたんだが……こうなればもう仕方ない。

真っ当な方法で探すこともできるが今、俺は焦《じ》れている。一分一秒を惜しむほどに。

(あんまり使って良いもんじゃねえが……手段は選べねえ!!)

運命を可視化し、思いっきり殴り付ける。

運命を脅し付けて望んだ事象を引き寄せる禁断の奥義の一つ〝運命恐喝呪法《カツアゲアルティメット》〟。

反動やら何やらが怖いがこれが一番確実だ。

俺は俺と梨華ちゃんが今すぐに邂逅《かいこう》する運命を無理やり作り出した。

瞬間、俺はどこかの上空にいた。眼下には異形と……梨華ちゃん!

「大丈夫!　君は俺がまも――……」

死ねぇぇぇぇぇぇぇぇぇぇぇぇぇぇぇぇぇぇぇぇぇぇぇぇぇぇぇぇぇぇぇぇぇぇぇぇぇぇぇ！！！！


空中を蹴りつけ急加速、勢いそのままに化け物をブチ殺す。

梨華ちゃんが俺の攻撃の余波で傷付かないよう攻撃の刹那に空間を完全隔離したのでフォローもバッチシ。流石は俺。気遣いの男だぜ。

「梨華ちゃん！　だいじょ……う……」

振り返る。そして気づく。

ぽかん、と俺を見つめる梨華ちゃん……と見知らぬパンピーらしき少年。

「おじ、さん？」

……。

（何か、やっちまった感ある）

多分、気のせいじゃない。


——運命恐喝呪法について語らねばなるまいよ。

梨華ちゃんが何かぽけーっと熱に浮かされたような顔をしているがよくわからない。

とりあえず〝運命恐喝呪法〟について語らねばなるまい（強弁）。
これは俺がハデスくんとの初めての戦いでくたばりかけていた際に開発した技だ。
一筋の光も見えない無明の闇。権能によって形成された死の棺《ひつぎ》に俺は閉じ込められた。
物理的に破壊もできないしドンドン体が衰弱していく。
やべえ、今度こそダメかも……と思っていた正にその時だ。俺はふと疑問を抱いた。

——死を与えるって何やねん、と。

よくよく考えれば意味わからねえよな。
心臓をブチ抜かれた結果、死ぬのはわかる。頭を潰された結果、死ぬのはわかる。
死に至る過程、理由があるからな。じゃあハデスとかの死神が使う即死技は何よ？
死神だから。それはその通りなのだろう。だが細かい理屈もあるはずだ。
そこで俺はババア（当時は八九じゃない）の言葉を思い出した。
『恋愛ものとかでよく運命の出会い、とか言うだろ？　あたしゃアレが嫌いでね』
『運命の出会いがないままババアになっちゃったから？』
『死ね』
『ひでえ』

『運命って言葉を軽々しく使いすぎなんだよ。恋愛ものに限らず創作全般でね』

何やコイツ悪質なクレーマーか？　と思いつつ話に耳を傾けていた。

『運命を変える、なんて簡単に言いやがってからに。神ですら本当の意味で運命を支配することはできやしないのに』

そう、神ですら。神ですらとババア（今より若い）は言った。

死神連中ってのは死という事柄に限定して運命に干渉してるんじゃねえかなって。

だから俺は運命をねじ曲げることにした。

あやふやで、目には見えない。でも運命というものは確かに存在している。

ならば殴れる。殴った。殴り付けた。執拗《しつよう》に。泣きを入れるまで。

人格があるわけではないので泣きを入れるって表現は少し違うけどわかりやすさ重視だ。

そんでまあ無事、ハデスとの初戦に勝利したわけだ。

ババア（今より若いがババア）のお陰で勝てたと言っても過言ではないだろう。

だもんで終わった後で礼を言いに行ったら、

『何てことをしてくれてんだい……お前もうマジで死ね』

だもんね。いやまあ実際、やばい技ではあるんだがな。

揺り返しっつーか、自分に降りかかるだけならまだ良い。

心臓が砕けようが脳が液状化しようが死なない俺には実質ノーリスクだからな。

だが反動が世界規模の何かに変わる可能性も十分にあるのだ。

幸いその時のリバウンドは俺自身に返ってきたんだが二度と使うなと釘《くぎ》を刺された。

まあその後も土壇場で使ったがその際は俺自身に反動が来るよう改良した上でやった。


「ねえ、何なの……？　何がどうなって」

……クッソもう目を逸らせねえ。

「ううん。違うか……それより先に言わなきゃ、だよね」

やめろ、やめてくれ……。

「――――助けてくれてありがとう、オジサン」

その笑顔は、あんまりにも彼女にそっくりで。

色褪せていた青い春が凄《すさ》まじい勢いで色を取り戻していった。

(俺、完全にアレな奴じゃん……)

昔良い感じだった子のさぁ！　娘さんにさぁ！　その面影感じてキュンしてる中年なんてやだよ俺!!　地獄じゃねえか!?

しっかも俺これどうすんだよ……あの子、彼、所在なさげな少年！

これどう考えても新しい物語が始まるシチュじゃん。

俺が手ぇ出さなきゃ力に目覚めてたんじゃ……芽生えかけてる何かを感じるし……。

っべ、ゲロ吐きそう……けど何の事情も説明しないわけには……いかんよなぁ。

「気にすんな。子供を助けるのは大人の役目さね」

「カッコつけちゃって……あんな必死で私の名前叫びながらやってきたくせに」

……意外と見てるね、君。

「何？　ひょっとしてオジサン、私にホの字だったり～？」

このこの、と肘で腹を突く梨華ちゃん。

ホの字て……俺が学生ん頃でも既に死語だったぞ。

「大人をからかうな。とりあえず梨華ちゃんと……君」

「は、はい！」

「色々聞きたいことはあるだろうし、俺も説明義務がある。突然現れた訳わからんオッサンのことなんざ信じられねえだろうが……」

「いえ、信じます」

少年は真っ直ぐな瞳で言った。

「俺はオジサンのことを何も知りません。名前も、何をやっている人なのかも」

けど、と彼は笑う。

「誰かのピンチにあんなにも必死な顔をするオジサンのことは信じられます」

はい、やられた！　今オジサンのハート撃ち抜かれたよ！　罪悪感でな!!

運命恐喝呪法の反動で俺今心臓が砕け散ってるんだがその痛みの比じゃないよ!?

あぁあああああぁ……若さに、青さに、優しさに焼かれるぅぅうううううううう
ううううあああああぁ……わしゃ闇の住人か？

「……ありがとな。早速で悪いがちょっと時間もらって良いかな？」

「はい」

「いーよ」

軽く自己紹介を済ませてから二人を連れ梨華ちゃんが滞在している宿に転移する。

ちなみに少年の名前だが暁《あかつき》光《ひかる》くんという。

ええ……？　名前まで良い意味でキラキラしてんのかよと軽く凹んだ。

「ヒデさん？　ひょっとして」

受付のチャラ男くんが何かを察したような顔で話しかけてきたので頷《うなず》き返す。

「これ応接室の鍵っす」

「すまんね」

「いえ。どーします？　互助会に連絡入れましょうか？」

「んー……いやちょっと待ってくれ。色々事情があるんだわ」

「っす。じゃ、護符の用意しときますんで」

「ああ、頼むよ」

……ここまで来たら千佳さんにも話をしないわけにはいかんしな。

ってか千佳さんの方にも共鳴……はなさそうだな。表で暮らす時に封印したせいだろう。

今、彼女が持つ裏へのパイプは俺ぐらいなのに何の連絡も入ってない。

とりあえず今夜会おう、とメッセージを飛ばしスマホを仕舞う。

「さて」

応接室に到着した俺は二人に座るよう促し、途中で買ったお茶を渡す。

「早速だけど君ら漫画とかアニメとか見るタイプ？　具体的に言うとバトルありありの現代ファンタジー系とかさ」

「うん」

「月曜発売の週刊漫画雑誌が憂鬱な週の始まりの唯一の救いです」

「なら話は早い。表で生きる人間の目には触れないだけでそういう系統の物語に出てくる要素は大体、リアルにも存在する」

「じゃあ、オジサンはそういう裏の人間なの？」

「いんや？　生粋の住人ってわけじゃねえよ。俺としちゃ表がメインだしな」

とある企業で部長をやってると告げると確かにリーマンっぽいと頷かれた。

「あの、俺たちはどうなるんでしょう？　やっぱり記憶を消されたり……とか……」

「ただ迷い込んだだけならそうなるな。でも、君らはそうはいかない。君らは特別な力を持つ人間だからね」

多いわけではないが、裏でやっていける素養を持つ人間は一定数いる。

目覚めなければそのまま一生を終えられるが目覚めてしまえばそうはいかない。

特に二人は優れた素養の持ち主だからな。いや光くんの方はまだわからんが。

「完全に閉じ切った状態ならそのまま帰してやれるんだが、君らは化け物に行きあって閉じていたものが開き始めてるから無理だ」

「何故ですか？」

「さっきの化け物みたいなのを引き寄せるからさ。そいつらの餌にならないためには自衛できるぐらいには強くならなきゃいけない」

千佳さんのように封印するって手も当然、ある。

だがそれはある程度、力をつけてからだ。

千佳さんだっていざという時は封印を解けるようにしてあるだろうしな。

力を封じるのは戦う術《すべ》を身に付けてからだ。

「へえ、良いじゃん！　何か漫画とかにありそうな展開！」

「……」

鬱屈とした日常から少しでも遠ざかれるからだろう。梨華ちゃんは嬉しそうだ。

対して光くんは深刻そうな顔で俯《うつむ》いている。彼は大丈夫そうだな。

「ま、今すぐどうこうってわけじゃない。準備も必要だからな。とりあえず光くんの連絡先を聞いても良いかい？」

「……はい」

しょんぼり顔の彼と互いの連絡先を交換する。

「じゃ、今日は解散だ。あんまり長々話しても頭に入ってこないだろうしな。ああそうだ。帰る時にさっき受付にいたチャラいのからお守りを受け取るのを忘れないようにな」

効果は永続ってわけじゃないしそこまで強いものでもない。

だが一か月ぐらいはこれまで通り暮らしても問題はない程度のが渡されるはずだ。

「わかりました。あの、何から何まですいません」

「気にするな。これも大人の仕事さね。ああこれ、タクシー代ね」

「うぇ!?　た、タクシー代ってこんなにもらえませんよ！」

「良いから良いから。それで気晴らしに美味《うま》いもんでも食べな」

押し問答の末、遠慮する光くんに無理矢理一〇万ほどを押し付ける。

彼は何度もペコペコと頭を下げてから部屋を出ていった。

「梨華ちゃんも家に帰るんならお守りを忘れないようにな」

「りょ」

……軽いな。まあ良い。

「とりあえずここにいれば安全だから怖いならじっとしておきな」

そう言って部屋を出ようとしたところで、

「オジサン」

呼び止められた。

何だと振り返り、彼女を見やる。

「……あの変なのに襲われた時ね。助けてって心の中で叫んだの」

「ああ」

「……何でか、オジサンの顔を思い浮かべてたんだ」

「……」

「そしたら、ホントに来てくれた」

立ち上がり俺の下までやってくる。

「嬉しかった。ありがとね、オジサン。すっごくカッコ良かったよ」

背伸びをし、そっと俺の頬にキスをした。

「えへへ……じゃ、またね！」

脇を通り抜け梨華ちゃんは部屋を出ていった。

取り残された俺は……。

「ぐっはぁ⁉」

膝から崩れ落ちた。

「し、死ぬ……死ねる……」

罪悪感とか諸々の感情で今にもくたばりそうだ……。

同日夜

あの後、メンタルに甚大なダメージを負った俺は少しでもメンタルを回復する必要があると判断したので近くの映画館へ飛び込んだ。

人と接するのがしんどかったからな。お一人様で楽しめる映画一択だったわ。

それでね、動物系のね映画を見たのよ。ランダムで決めて正直、期待してなかったわけ。

ああいうほのぼの感動系ってさ「ほら泣けるでしょ？　泣きなよ」みたいな声が聞こえてきそうで我ながらひねくれてるって自覚はあるが乗り切れないのよね。

でもまあ暇潰しだし別に良いかなって……そう思ってたんだがとんだ見当違い。

メンタルはみるみる回復。子犬を飼おうか真剣に検討しちゃったわ。

さっきまでペットショップ巡りしてたからね俺。


――――というわけで約束の夜がやってきた。


（メンタルは回復したし、話すべき内容もちゃんと事前に考えた……ガンバ！　俺！）

千佳さんには千佳さんの家で話がしたいと言ったのだが即決だった。

文面からインモラルな喜びが匂ってきてたあたり旦那はいないのだろう。

……いるならいるで丁度良いと思ったんだがな。何せ娘さんのことだし。

ただいないならいないで無理に呼び出すのもな。やっぱ裏のことだし。

とりあえず千佳さんに話してその後の判断は彼女に任せるべきか。

「にしても……ええマンション住んどるのう。流石は社長さんや」

マンションを見上げた俺は思わず西の言葉が出てしまった。

総資産で言えば俺のが上だが裏関係で稼いだ金だからな。

汗水垂らして働いた対価とは違う。俺の中では別ジャンルなのだ。

俺にとっての金はやっぱ表の社会で稼いだものかなって。

だから表の社会で働いて稼いだ金でこんな良いとこ住んでるのは尊敬に値するよ。

（あの世間知らずだったチカちゃんが、だもんな）

そんなことを考えながらインターホンを鳴らす。

「千佳さん？　俺だけど」

〈うん。今開けるね〉

オートロックが解除され扉が開く。

中に入りエレベーターへ直行。ボタンをプッシュし最上階へ。

教えられた部屋のチャイムを鳴らせば千佳さんはすぐに俺を迎えてくれた。

「こんばんは、ヒロくん」

「こんばんは、千佳さん」

ちなみに再会した時と呼び名が変わった件だがテキトーに言い訳した。

心情的にもうそう呼べねえよ……とは正直に言えんもん。

千佳さんの方は何か都合が良いように解釈してる節はあったが敢えて訂正はしなかった。

藪《やぶ》をつついて蛇を出す趣味はないのだ。

「ごめんね、ラフな格好で」

「家で寛《くつろ》ぐことの何が悪いってんだい？　謝るなよ」

ラフな格好、つっても決して野暮ったい感じではない。

むしろ普段のビシっとキメたスーツ姿を知っていればギャップでクるタイプのあれだ。

……こういう小細工とは無縁の子だったんだけどなぁ。

「ありがと。ちなみにヒロくんは家ではどんな格好してるの？」

俺の前にお茶を出してくれたのだが……あの、屈《かが》んだ時にね？　見えたのよ、ブラが。

ラフとか言いつつ服の下は臨戦態勢だった。回復したメンタルゲージがめっちゃ削れた。

何で本題に入る前からまったく関係ねえとこでダメージ受けてんだ俺ぁ……。

「そらもうステテコ腹巻の古き良きオッサンスタイルよ」

「あはは、何それ！　ヒロくん、昔そういうのにめっちゃ文句言ってなかった？」

言ってたね。当時は俺も高校生でよ、色気づいてたとこはある。

お洒落《しゃれ》にも気を遣ってたからさ。ステテコ腹巻とか真っ向からディスってたわ。

「ああ。何なら正直今でもビジュアル面ではどうかと思うよ」

「なのに着てるの？」

「……実際に着てみるとさ。わかったんだよ。長年愛される理由が」

しっくりくるんだ。この上なく。楽なんだ。限りなく。

あれ？　これひょっとして俺の皮膚だったりしない？　ってぐらいの馴染《なじ》みっぷり。

リラックスという観点であれに並ぶのは全裸しかないんじゃねーかってのが俺の見解だ。

「ビジュアルを上回る圧倒的な機能性に俺は屈した。俺は負けを認められる男だからな」

「服装一つで大げさだなぁ。ああでも、ステテコ姿のヒロくん……見てみたい、かも」

意味深な視線やめて？　今度はあなたのお家に招いて？　みたいなんはやめて？

……そろそろ切り出すか。後回しにしてたらずるずる変な方向行きそうだし。

「機会があればな。それより、だ。今日は大事な話があるのよ」

「……うん」

違うからね？　ちょっと顔赤くしてるけど違うからね？

「ちょっと前な。千佳さんの娘さん――梨華ちゃんに会ったんだわ」

「！　……そうなんだ。まあ、わかるよね」

「ああ、昔の千佳さんソックリだったよ。中身はちょいと違ったがね」

「まあ、あの頃の私は同年代の子とはズレてたしね。梨華は普通に育ったから。それで、梨華がどうしたの？」

「……その出会い方がちょいと問題でね。言葉飾らずに言うとパパ活の誘いだった」

「――――」

絶句していた。そりゃそうだ。でもな、これ本題じゃねえんだわ。

じゃあ省けよって思うかもだがそうもいかん。

後の説明するために知ってもらわにゃならんってのもあるが、どうせならこの機会に関係を改善してもらいたいし。

青ざめていた千佳さんだが、ハッと我に返るや土下座を敢行。

「違うの！　あの子は悪くないの！　悪いのは私、私がしっかりしてないからで……」

自覚はある、か。

俺は少し嬉しくなった。自分の責任だと即座に子供を庇えるのはそこに愛があるからだ。

加えて子供の気持ちをちゃんとわかってるからこその言葉でもある。

千佳さん自身、今の家庭環境が良くないことはわかってるんだ。

じゃあ何とかしろよって思うかもだが、千佳さん自身も何が正解かわからないんだよ。

「大丈夫、わかってる。梨華ちゃんは良い子だ」

「ヒロくん……」

「千佳さん自身、問題に気づいてるなら俺から言うことは何もない。頭上げてくれ」

「……うん」

「正直な、すぐに千佳さんに伝えるべきだとは思ったんだが」

「ああうん、わかってる。……同じ立場なら私も気まずくて何も言えないと思うから」

「ありがとよ。とはいえだ。何もしないってわけにもいかねえからさ。当座の金を渡して宿だけ紹介させてもらったよ」

裏の人間が利用する宿と言った時は少し苦い表情になるがそこはまあ俺への信頼だろう。

わざわざ俺が紹介したのなら大丈夫だろうとすぐに納得してくれた。

「定期的に報告は上げてもらってたが問題はなさそうだった。幸運なことに西園寺千景を知る人間とも会わんかったようだ」

「……そっか」

「まあいたとしても手は出せんだろうがな」

西園寺千景を知ってるってことは当時の俺を知ってるってことでもある。

そして当時の俺を知ってるなら今の俺についても知らんわけがない。

単体戦力もそうだが俺に依頼してる連中を敵に回すとなれば厄介なことになる。

実際、万が一があれば俺は使えるコネをフル動員するつもりだしな。

「じゃあ本題だ」

「え」

すまんね。

「悪意をもって接触してくるようなのはいなかったが、その身に宿る血は喜ばしくない偶然を呼び寄せちまった」

単刀直入に言おう。

「裏の世界に足を踏み入れちまった」

「――――」

……ストレスでどうにかなりそうだ。

(こりゃ本格的に子犬を飼うことを検討するべきかもしれん)

そんなことを考えながら梨華ちゃんはかすり傷一つ負ってないとフォローを入れる。

追撃で夕方梨華ちゃんから送られてきたアホ丸出しの中坊って感じの写真も見せた。

すると千佳さんも安心したのか、少し休憩させてほしいと言われた。

俺としても少しメンタルを回復したかったので小休憩を挟むことに。

「……ごめんなさい。話を中断させてしまって」

「いや良いさぁ。他人の俺でさえ焦りまくったんだ。実の親なら尚更だろうよ」

自室から戻ってきた千佳さんは顔色も戻っていたのでとりあえずは安心だ。

「経緯を説明するぜ？　昼間、街をぶらついてたらよ。共鳴があったんだ」

「共鳴？　何……あ、まさか」

「ああ、まだ千佳さんの血と繋がりが俺ん中に残ってたみたいだ」

二〇年近く裏から離れてるとはいえ、流石に頭の回転が早い。

俺が導き出したのと同じ答えをすぐに思いついたらしい。

「そ、そっか……繋がって、たんだね。今も……あの時から、ずっと」

安心したからってそういう怪しい発言やめてもらって良いですか？

そう言いたかったがグッと飲み込み話を続ける。

「そんでまあ、秒で駆け付けて〝残り滓《かす》〟をブチ殺して救出したんだわ」

「残り滓？」

「あー……ちょっと前から出るようになった新種の異形」

「そっちも色々変わってるんだねえ……互助会にはもう？」

「いんや。俺っとこで止めてある」

互助会ってのは元は表の一般人だった奴らが設立、運営してる組織だ。

自分らと同じように意図せず巻き込まれ裏に関わらざるを得なくなった人らの支援を行っているとこで俺の所属も一応ここ。

互助会が存在しない頃は古くからある対魔組織だの政府直轄の機関が保護とかしてたんだが……これが中々、問題があるところだったんだわ。

表じゃ国民の目もあるからクリーンにいかなきゃだが裏にはそれがない。

なので都合の良い駒にされるとかもままあった。

趣味の悪い癖でやってるってよりは国益のためだな。

まあ悪意がない、大衆の利益のためつっても巻き込まれる側にゃ堪ったもんじゃねえ。

そんな現状を嫌った連中が互助会を設立したのだ。

「これが普通の奴ならまあ、軽く事情説明してあとは互助会に放り投げてたんだが……」

梨華ちゃんに関してはそうもいかない。

親と関わりがあるってのもそうだが、それ以前に特異な素養を持っている。

同じ力を持つ千佳さんと話してからじゃねえと何を決めるわけにもいけん。

「千佳さん」

「……うん」

「俺がそうだったように裏に巻き込まれたパンピーはある程度、自衛能力を身に付けさせてから選択させんのが常だ」

裏に留《とど》まるか。それなりの不自由を呑《の》んで表に戻るのか。

俺たちの指導役に就いた千佳さんにも言われたことだ。

「でも千佳さんが望むなら俺が何とかする。全部踏み倒して梨華ちゃんを不自由なく表で暮らせるようにする」

「……」

「俺は強くなった」

あの時よりもずっと。

「表裏問わず世界中の人間全部を相手取っても俺が勝つ」

暴力がある。

「その力で俺はあれから幾度も世界の危機を救ってきた。コネは日本だけに留まらねえ」

権力がある。

梨華ちゃんの安全を保障してくれねえなら米国に移住するとでも言えば良い。

したら政府も血相変えて協力を示してくれるだろうぜ。

世界滅亡レベルの危機ともなれば各国も歩調を合わせるんだがそれ以外ではなあ……。

「すぐに決めろとは言わ……千佳さん？」

急に立ち上がった千佳さんがスマホを取り出し、どこかに電話をかけ始めた。

呆気に取られる俺をよそに状況は進む。

「ああ、あなた？　私よ。そう、大事な話があるの。離婚しましょう」

ふぁっ!?

「気づいてないとでも思ってるわけ？　証拠もあるし弁護士だっていつでも動かせる」

淡々と詰めていく千佳さんの声はどこまでも冷たい。

「話し合い？　するわけないでしょ。あなたに時間を使ってる暇なんてないもの」

親権、財産分与、慰謝料を請求する権利を破棄することの確約。

流石は女社長。手際良くポンポンと内容を詰めてあっという間に終わらせてしまった。

電話を切った千佳さんはポカンと間抜け面を晒《さら》す俺を見つめ静かに語りだした。

「私が表で生きようと決めたのはそれを知らなかったから」

「千佳、さん？」

「一応、学校なんかには通ってても本当の意味でそこにはいなかった」

知りたかった。普通を。何てことのない日常を。

淡々と語る千佳さんに俺は何も言えず黙って耳を傾けることしかできなかった。

「最初は目まぐるしい日々で考える余裕もなかったけど、落ち着いてくると思うようになったんだ。逃げてるんじゃないかって」

力を封じ見ないようにして表で生きることは正しいのか？

力を否定することは自分自身を否定することなんじゃないのか？

自問し、だけど未《いま》だに答えは出せずにいたのだと彼女は苦笑する。

「でも今、ハッキリとわかった。ぜーんぶひっくるめて私なんだって」

「……」

「ありがとうヒロくん。私のために、梨華のために。でも気持ちだけで十分。私たち親子は力と向き合って生きていくわ」

その笑顔があんまりにも綺麗で、俺は息をするのも忘れ見とれてしまった。

「……母は強し、かぁ。ホント、イイ女になったなぁ。ガキのまんまの俺にゃ眩《まぶ》しいぜ」

「そんなことないよ。ヒロくんもイイ男。あの頃からずっと」

「ありがとよ。千佳さんの考えはようくわかった。ならその方針で俺も協力するよ」

互助会への復帰と……ああその前に梨華ちゃんとの話し合いの場も設けんとな。

来る時は気が重かったが今はとても気分が良い。

「ありがと。じゃあ早速だけどお願いして良いかな？」

「？　おうともさ」

「私の封印を解くの手伝ってほしいんだ。ヒロくんなら力ずくで何とかできそうだし」

「……自分で解除できねえの？」

「ものがものだからね。一旦封印を解除するとかけ直すのに手間がかかるから一時的に緩める鍵しか持ってないんだ」

あー……言われてみればその通りだな。

そりゃそうだ。あれぐれえの力を完全にとなれば大がかりな封印になるよ。

力が必要になる事態になった際に全部取り払っちまえば手間がかかりすぎる。

「わかった。そういうことなら任せてくれ」

かつて俺を非日常へ誘った彼女を、今度は俺が非日常へ連れていく。

(人生ってのぁ何が起きるか……ふぁ⁉)

突然、千佳さんが服を脱ぎ出した。

「い、いきなり何を……」

えっぐい下着に興奮しつつも大混乱な俺に千佳さんは言った。

「封印解いてもらわなきゃだし」

そっと下腹部を撫でると紅《あか》い紋様が浮かび上がった。

「じゃあお願い、ね?」

何だろ、母の強さを見せつけた後で女の顔を出すのやめてもらって良いですか?

寒暖差で風邪引きそうになりながらも封印を破壊した。

封印を破壊した後は諸々、手続きしなきゃと言って俺は即マンションを後にした。

(――――クッソ! 下着姿が目に焼き付いて離れねえ‼)

チラ、ではなくガン見したせいで興奮冷めやらねえ……ッッ。


翌日。昨晩、千佳さんの家を出た俺はすぐに梨華ちゃんに連絡を入れた。

明日会えないかという誘いに彼女は即座にＯＫを出してくれた。

そして今、千佳さんを伴い宿へとやってきたわけだが……。

「あ、オジサン！」

応接室の扉を開けると梨華ちゃんが笑顔で俺を迎えてくれた。

俺は無言でそっと体を横にどかす。途端に梨華ちゃんの顔が驚愕《きょうがく》に変わった。

「あ、アンタ……何でオジサンと……」

アンタ、か。こりゃまたわかりやすいまでの反抗期ムーブだ。

俺自身は経験ないが周りの反抗期拗《こじ》らせてる奴らは大体こんなだった。

「……」

「ちょ、何よ……ね、ねえオジサン。これ、どういう――」

無言の千佳さんに気圧《けお》され事の次第を俺に問いただそうとするが千佳さんのが早かった。

「ごめんなさぁあああああああああああああああい!!!」

ノータイムでの抱擁からの謝罪。

「ごめん……ホントにごめんね梨華ぁ……梨華ぁあああああああああ……」

「え、ちょ……何……何なの……あん……ま、ママってば！　やめてよ!!」

わんわん号泣しながら謝罪する千佳さんに梨華ちゃんも素に戻ったらしい。

ママか……可愛い呼び方してんねえ。

「今まで辛い思いをさせてごべんなざぁあああああああああい!!!」

「もう……何なのよぉ……誰か説明してぇ……」

多分、千佳さんは家ではクールで厳しめな感じなんだろう。

だからこそ恥も外聞もなくわんわん泣いてる姿に梨華ちゃんは戸惑いを隠せない。

マジで混乱してる梨華ちゃんにゃ悪いが、俺は今めっちゃ胸がぽかぽかしてる。

どっちも良い子だからな。すぐに昔のようにゃ戻れずとも関係は改善されていくだろう。

家族をやり直すはじめの一歩。それが今目の前に広がっている光景なのだ。

(年ぃ取ると涙腺が緩くなっていけねぇや)

一〇分ぐらいして千佳さんが落ち着くと、改めて話をということになった。

どういうことか説明しろやという梨華ちゃんの求めに応じ、俺は口を開く。

「まず最初に言っとくとな。俺ぁ昔、君のお母さんと一緒に裏の世界で戦ってたんだ」

「――――は？」

「まあそうなるよな。でも嘘じゃない。一七の頃のことだ」

若い子相手の昔語りって何か照れ臭いな。

「戦いが終わってからは自然と距離が開いて最近になるまでは何の接触もなし」

連絡先すら知らずお互い何をしているかなんてまるで把握していなかった。

だがある時、偶然取引先で遭遇しそこからまた付き合いが始まったのだと笑う。

「娘がいるってのも飲みの席で聞いてたんだ」

「……」

「あの日公園で会った時もすぐにわかったよ。若い頃のお母さんそっくりだったしな」

お陰でとんだ大ダメージを負ったがな……。

「……じゃあ、あの時私に色々してくれたのはママの子供だから？」

「ああそうだ。友人の子供が道を踏み外しそうになってりゃ普通、止めるだろ？」

「……あんなに必死で助けに来てくれたのも？」

「そうだ」

不満げな梨華ちゃん。

何を思っているかは大体察しが付く。なのでこう付け加えた。

「千佳さんの娘ってフィルターは不満か？　でもな、人間関係って大体そんなもんだよ。友達の友達を紹介されて友達にとかよくあるだろ？　それと同じさ。最初はフィルター越しでも、ちゃんと相手に向き合うつもりがあるならフィルターなんざすぐになくなる」

だから改めて自己紹介だと笑う。

「俺ぁ佐藤英雄。最近、抜け毛が気になる三四歳のオジサンだ」

よろしく。そう告げ手を差し出すと、おずおずとだが握り返してくれた。

「ありがと。これから梨華ちゃんのこと色々教えてくれると嬉しい」

「……うん」

さて、バトンタッチだ。

「千佳さん」

「うん、わかってる。ねえ、梨華」

「何？」

「ママが昔裏の世界にいたって話はしたけど梨華みたいにいきなり巻き込まれたわけじゃないの」

「どゆこと？」

「最初から裏の人間だったのよ。私は特別な生まれで特別な力を持っていたから」

そしてその力は梨華ちゃんにも受け継がれているのだとハッキリ伝える。

「それは大きな力。良からぬ人間に目をつけられるような危険な力。でも、それも含めて梨華なの。できることなら私はちゃんと向き合ってほしいと思ってる」

その言葉に梨華ちゃんは、

「……いきなし、そんなこと言われてもわかんない」

「ええ、それで良いわ。今のあなたは子供だもの」

梨華ちゃんの頭を撫でながら諭すように語るその顔は優しいお母さんのそれだった。

「ただ、ママの言葉を頭の片隅にでも置いてくれたら嬉しいわ」

「……うん」

この感じだと悪いことにはならんだろう。

俺と千佳さんはホッと胸を撫で下ろすが、

「ってか特別な生まれって何？　何かあのー、すごい一族の末裔《まつえい》的な？」

「「……」」

「え、何で黙んの？」

「……まあ、そこは置いといて」

「……ああ、そこはまあ置いとこうや」

「ちゃんと向き合えって言ったのに!?」

昔の千佳さんは表の常識に欠けてたからアレだけど梨華ちゃんは違うからなぁ。

（言えませんわ……君の祖父母にあたる人が若い頃にパワースポット的なとこでブルーなあれをやらかした結果、突然変異の赤ん坊が生まれたとかさぁ）

俺この話聞いた時、馬鹿じゃねえのって思ったもん。

DQN《ドキュン》カップルがDQNなことしてやっべえ力の持ち主が生産されるとかね……。

「それより！　ママ、離婚することにしたから」

「話の流れ！　いや離婚自体は賛成だけど！」

あんな屑《くず》さっさと切り捨てるべきだと思ってたし！　と憤慨する梨華ちゃん。

「だから梨華も家に帰ってきてくれると嬉しいんだけど……あ、今のマンション嫌なら引っ越す？　ところでヒロくんの住んでるマンションってどんな感じ？」

え、うちのマンションを引っ越し先の候補に入れてらっしゃる？

「誤魔化されないかんね!?　何なの!?　教えてよ!!」

「……まあ、そのうち」

「歯切れ悪い!?」

千佳さんに目で助けを求められたので俺も割って入る。

「ともかくだ。これからのことについて説明するから聞いてくれ」

「暁くんは？」

「彼には俺から後で伝えとくから大丈夫」

流石にこの話し合いには参加させられんしな。

「これから梨華ちゃんたちには互助会っつー裏に足を踏み入れてしまった人間をサポートする組織に属してもらう」

「そこで自衛手段を磨けってこと？」

「そういうこった。教導役の人に鍛えてもらいつつ簡単な仕事を請けたりしてもらう。ああ、ちゃんと報酬は出るぞ」

素人同然の駆け出しに任せるのだから一〇万ぐらいだが子供からすりゃ大金だ。

「俺もそれで服やらゲームやら買いまくったもんさ」

「あー……お金もらったらすぐ使ってたよねヒロくん」

「そりゃそうよ。高校生だぜ？　アイツらだって……」

言葉が途切れる。

「オジサン？　ママも……どうしたの？」

「ちょっと古い友達を思い出してたな」

この手で殺《あや》めた親友《とも》二人。

（……アイツらは元気でやってるんだろうか）

二章　混沌を望んだ彼のイマ

一八年前

「佐藤ォ!!」

「ナイスだ高橋!!」

高橋が大気中の水分を〝引き寄せ〟結構な広さの湖ほどの水を確保してくれた。

俺は即座に式を組み上げ魔術を発動。

「この……ロリコンどもめ!!」

水流を操作しチカちゃんを狙ってきた真世界と混沌の軍勢のアホどもを巻き込んでいく。

魔術によって拘束されたロリコンどもは抗《あらが》う術もなく俺が形成した巨大な水球に閉じ込められる。だが閉じ込めただけでは終わらない。ここからが本番さ。

「佐藤新陰流《しんかげ》」

稼働中の洗濯機の中をイメージしてもらえばわかりやすいと思う。

水球内部に不規則な激流を作り出しあちこちのドラッグストアで大量に購入した特売の洗剤を高橋、鈴木と共に投げ入れていく。一箱二〇〇円で大体二〇万円分ぐらいかな。

「――――〝屑流洗《くずりゅうせん》〟」

その救い難い性癖、洗い流されれば良い。

「ギャハハハハハ！　見ろよ佐藤！　泡だらけだ!!」

「佐藤くんが身銭を切った甲斐《かい》があったね。フローラルな香りが漂えばあの傍迷惑な連中がまき散らす悪臭もマシになるだろう」

「あ、そうだ柔軟剤も入れてやろう。その頑《かたく》なな思想が解《ほぐ》れるように」

「「天才現る」」

ゲハゲハ笑っていると、

「……守ってもらってる身で言うのも何だけどさ。色々、どうなの？」

「「何のことかわかんないな!!」」

休んでいたチカちゃんが呆《あき》れたように溜息《ためいき》をついた。

実力で言えば俺ら三人合わせても敵《かな》わないチカちゃん。

だってのに俺らが矢面に立ってロリコンどもと戦っていたのには理由がある。

今、チカちゃんはかなり消耗している。

互助会の依頼でこのクソ深い山中にやってきたのだが、標的の化け物が事前の情報より遥かに強かったのだ。それこそチカちゃんが全力を出さなきゃやばいぐらいに。

今のチカちゃんをメイン火力に俺ら三人がサポートとして全力で援護してどうにか勝てたものの、今のチカちゃんは動くのもやっとなぐらいに消耗し切ってしまった。

そこにロリコンどもが襲撃してきたから、消耗が少ない俺らが矢面に立ってたわけだ。

俺らも消耗はしてたがサポだからな。チカちゃんよか余力は残ってた。

「というか佐藤くん。これさあ」

「わかってる。確実に、いるな。内通者が」

先にも述べたが依頼の標的は事前に渡されていた情報より遥かに強かった。

互助会の観測班がミスったという線はまず考えられない。

標的の力はそこそこの神格クラスってところか？

それほどのレベルの敵が特に力を隠しているわけでもないのに見誤るとは到底思えない。

仮に本当に読み違えだったとしてもその範疇《はんちゅう》を明らかに逸脱した過小評価だった。

「ロリコン連中の襲撃のタイミングも完璧だったからな。西園寺が弱って戦えねえとこを狙ったとしか思えねえ」

「知恵の回るロリコンどもだぜ」

「性犯罪者どもめ」

「あの、擁護するわけじゃないけどさ。別にアイツら私をそういう目で見てるわけじゃないと思うよ？」

良いのだ。だってアイツら屑だし。風評被害ぐらいは許される。

ねー？　と俺が二人に言うと高橋と鈴木もねー？　と返してくれた。ほらバッチリ。

「それよりチカちゃんまだ動けない感じ？　おぶる？　休む？」

正直な話、油断していた。

「お、おんぶはちょっと恥ずかしいかな」

裏に足を踏み入れてからそこそこ修羅場をくぐり強くなった。

日本における裏の二大勢力と敵対してもその悉《の》くを跳ね除けてきた。

それが油断、慢心に繋がったのだ。

「そう？　んじゃ休……ッ!?」

全身を氷漬けにされたような冷たく重いプレッシャーがのし掛かる。

弾《はじ》かれたように俺たちは空を見上げた。

「馬鹿な」

呆然《ぼうぜん》と呟く。

空中で月を背に俺たちを見下ろすいかにも紳士然とした眼鏡の男。

知っている。俺たちは奴を知っている。

大切なダチを狙うカスどもの親玉の一人なのだから。

「柳《やなぎ》！　何で、テメェがここにいやがる!?」

高橋が叫ぶ。

奴は混沌の軍勢のアタマを張っている男だが現在は真世界の首領と抗争の真っ最中のはず。

千日手のような状態で睨《にら》み合い動けずにいたはず……なのに、何故ここに？

「ふむ」

パチン、と奴が指を鳴らすと俺の屑流洗が解除された。

奴の目に敵意はない。悪意もない。俺たちに対する隔意《かくい》は皆無だ。

そりゃそうだ。歩くのに邪魔とはいえ小石に本気でキレる奴なんているか?

……腹の立つ話だが奴と俺らの間にはそれだけの差があるのだ。

「質問に答えよう。我々を敵に回しここまで戦い抜いた君たちに敬意を表して、な」

既に奴の中では〝終わって〟いることなのだろう。

結果なんてわかり切っていると。でなければ〝戦い抜いた〟なんて言葉は出てこない。

「出し抜いた。今しばらくは封印に縛られ動けんだろう。奴のことは気に入らないが、しかしだからとて何が何でも排除しなければいけないというわけではない」

重要なのは大願を成就すること。

先んじてチカちゃんを確保してしまえばどうとでもなるってか。

「「舐めやがって……!!」」

「ば」

奴の態度が癪《しゃく》に障ったらしく高橋と鈴木に火が点く。

互いの相反する固有能力をぶつけ合って生まれた破壊の波動を放つが……。

「「な!?」」

手に持っていたステッキを振るうだけで霧散。

そのまま不可視の打撃が二人に叩き込まれ彼方へ吹っ飛んでいく。

目測で数キロ。超人規格ならそこまで遠くはない。だが吹っ飛ばされる瞬間を見るに二人は意識を喪失している。

(戦線復帰は望めねえ、か)

俺にも不可視の打撃は飛んできたがこちらは問題なく対処できた。

二人よりも幾らか冷静だったからな。っても一発回避できたから何だって話だが。

状況は最悪だ。しかし諦めるつもりは毛頭ない。ならば戦うまで。

だがどうやって立ち回る？　必死に頭を回すが……最悪はまだ〝底〟ではなかった。

夜空を切り裂くような稲光が走ったかと思うと、

「やぁあああなあああああぎぃいいいいいいいいいいいいいいいい！！！！」

天からガラの悪いチンピラのような男が凄まじい速度で接近し柳に蹴りを叩き込む。

柳は腕でガードしたがその余波は凄まじく、

「ぐっ……!!」

「ひ、ヒロくん」

咄嗟《とっさ》にチカちゃんを抱き締め、めいっぱい足を地面に突き刺し何とか踏み堪《こら》える。

木々が吹き飛び巨大なクレーターが形成される。これで小手調べだってんだからな。

(……笑えねえ)

あのチンピラは真世界の首魁《しゅかい》。つまりは柳と同格の実力者。

「……つくづく忌々しい男だな鬼咲《きざき》」

「ほざけドカスがァ!!」

ふ、ふふふ……眼中にもないってか。

とはいえチカちゃん連れて逃げ出すってのは不可能だ。

今、俺らに目が行ってないのは逃げようとしていないからで、こちらが少しでも逃げようとする動きを見せればあちらも即座に対処に出るはずだ。

どうとでもなる。その余裕があるから俺たちは眼中にないのだ。

「……ヒロくん、逃げて」

「悪いな。女の子に弱い俺だがその頼みだけは聞けねえよ」

チカちゃんをそっと地面に下ろし、一歩前に出る。

「ほう？」

「あん？」

へっ、ようやっとこっちを見やがったな。

今のところ勝算はゼロ。何一つとしてこっちに良い要素はない。

(だからこそ、動く)

連中が潰し合って消耗したところをなんて負け犬思考じゃ状況は打開できない。死中にこそ活をってやつだな。何だよおい、俺ってば主人公みたいじゃねえの。

「すぅ」

大きく息を吸い込み、叫ぶ。

「こんの……ロリコンどもめ!!」

絶望の三つ巴が始まる。

現代

以前も述べたが俺には情熱が欠けている。それは昔っからそうだった。

例えば結果次第で世界がロクでもない変化を迎えてしまうような戦いがあったとしよう。

変化を阻む側は守るべき人のためだとか己が信念を貫くためだとか何かしら熱いものを胸に宿して戦いに臨むものだと思う。

でも、俺には無理だった。実際そういう場面でも普段通りだった。

思うことなんて精々、勝てれば良いなぁ……とかその程度。

負けたら世界がおかしくなるんだぞ？　まったくもって仰る通り。

でも俺は負けたらそれはそれで……と頭の隅で思っちゃうんだ。

負けて死ねば俺にはもう関係ないし、どうにもならん。

負けて生き延びることができても世界は滅茶苦茶で色々と大変だろうさ。

頭ではわかっちゃいても何とかなるだろうと気持ちが乗り切らないのだ。

一般人ならそれでも良いんだろうが、ババアは力のある人間がそれはどうなんだと言う。

心を燃やせない。人並みの熱量程度しか出せない。情けないよ。恥ずべき部分だと思う。

――――それでも、そんな俺にだってちっぽけだがプライドはあるんだ。

「えー、良い感じにお腹《なか》も膨れてきたしそろそろ余興を始めようと思います」

人並みにしか心を燃やせないとしても、めいっぱい頑張ろうって。

そう思えることがあるんだ。

「部別対抗管理職一発芸大会！　はっじまっるよおおおおおおおお！！！！」

《いえぇえええええええええええええええええええええ！！！！》

今がその時だ。

新入社員の歓パで毎年行われるこの大会。管理職にとっては避けられない戦いだ。

営業部を背負って戦う以上、無様は晒せねえ。

「っし」

「フー」

見ろや他所《よそ》の部署の管理職どもを。男も女も戦士の顔つきじゃねえか。

陰で人知れず命を懸けて戦っている？　ああ、立派なこった。

でもよ、じゃあ表の人間は裏で戦ってる連中に劣るのかっていえばそれは違うだろ。

貴賤《きせん》はねえんだ。本気でやってんならそれはどこの誰であろうと尊いもんなんだよ。

「優勝した部署には僕から金一封が出るから頑張ってほしい。採点をするのは新入社員の君らだ！　自分のいるとこだとかそういう忖度《そんたく》は一切なしだよ？　純粋に芸を評価してあげてほしい。それが信念をもって戦う彼らへの敬意だと心得てくれたまえ」


とはいえ、だ。顔と名前出してはやりにくいだろう。

なので採点は社長のスマホにメッセージを飛ばす形式になってる。

社長は死んでも誰が何点入れたとは言わないので安心してくれ。

「……佐藤部長、大丈夫ですか？」

課長がそっと俺に耳打ちしてくる。

ああ、心配はよくわかるよ。正直、今年は難儀した。

加えて梨華ちゃんのこともあったからな。練習時間は取れなかった。


――――で、それが何だってんだ？


「こんな格言を知ってるかい？　出る前に負けること考えるバカがいるかよ」

「！　そうですね。ご武運を」

「ああ」

頷いたところで社長からお呼びがかかる。

「それじゃ一番槍《やり》は営業部部長、佐藤くぅん!!」

順番は事前にくじ引きで決まる。

初手ってのは採点側も控えめにしちまう傾向があるから不利になっちまう。

だが知ったことか。苦境逆境大歓迎。七難八苦を踏み越え進むんが男の心意気よォ!!

俺は右手に社長を模したパペットを嵌め、左手にスマホを持って前へ出る。

「どーもぉおおおおおおおおおおおお!!」

【どうも、五反田愚連隊です】

「お願いしますぅ!!」

【今日もね。漫才頑張っていこうと思いますんで、楽しんでってくださいね】

今年のネタは事前に録音した加工入れた音声データを、パペットに仕込んだスピーカーから出力して行う一人漫才だ。タイミングがかなりシビアで操作ミスるとテンポ死ぬから難易度はかなり高い。ぶるっちまうぜ……当然、武者震いさ。

(よしよし、そこそこウケてる。摑みで躓きはしなかったな)

観客の様子を窺《うかが》いつつ漫才を進め何とか一つのミスもせず終わることができた。

反応は上々……でも、最後の詰めが残ってる。

「はい、見事な一人漫才でしたぁ!　採点の前に佐藤くんのコメントをもらいましょうか」

……来た!

「佐藤くぅん、どうだった?」

「そうですねえ。色々言いたいことはありますが手短に一つだけ」

パペットを嵌めた右手を皆に見えるよう掲げる。

「この人形」

今だ！　ギミック発動！

「俺のハンドメイドです」

毛糸でできた髪がポーン！　と飛び一瞬の間が空き爆笑が巻き起こる。

（そう、俺のネタは二段オチだったのさ）

俺は勝利を確信した。

数時間後

（フッ……最高の気分だ）

俺は勝利した。初っ端という不利にも負けず勝利した。

腹の底から叫び、盛大なガッツポーズを決めるほど嬉しい勝利だった。

俺みてえなしょうもない人間でもやれたんだと営業部の皆で喜び合った。

大口の契約を取り付けた時並の喜びだ。負けた側も良い顔をしてたよ。

次は負けねえって爽やかに健闘を讃《たた》え合ってさ……良いよな、こういうの。

歓パは盛り上がり続け良い空気のまま終了した。

二次会も楽しかったし上機嫌なまま家に帰ってそのままベッドに倒れ込みたいところだが……

生憎《あいにく》とまだ予定が残っている。日付はもう変わったが相手も忙しいし俺の予定との兼ね合いもあったからこんな時間になってしまったのだ。

転移で互助会が所有している訓練場に飛ぶと、既に彼女はいた。

「悪い、待たせちまった」

「ううん。こっちこそ無理言ってごめんね」

千佳さんだ。

ピッタリと肌に貼り付くトレーニングウエアに身を包む彼女に俺は思わず生唾ごくり。

酔っているからかどうも自制心が……ハッ!?

(千佳さんが意味深な笑みを……)

俺は気を引き締め直した。

いや、もう離婚してるから別に世間的な問題はないんだが……気持ち的にね?

離婚する前の不倫《ダークファンタジー》への誘いが頭をよぎってな……ブレーキがかかっちゃう。

「いんや良いさ。勘を取り戻したいってのは至極、当然のことだろうよ」

「ありがとう」

俺がここに来たのは千佳さんの錆落《さびお》としに付き合うためだ。

互助会に復帰するとはいえ勤務形態……勤務形態なんか？　まあ良い。

働き方は俺と同じように表メインで依頼が来たらって形にするらしい。

何せ千佳さんはシャッチョさんだからな。社員の生活を守らにゃいかん。

梨華ちゃんに何かあった時のために復帰するわけだから正しい判断だと思う。

とはいえパートみたいな感じでも二〇年近く実戦から遠ざかってたわけで……。

「ところで梨華ちゃんと光くんはどう？」

「今日も座学だったね。一二時ぐらいまでやってて今は互助会のホテルで休んでる」

「まだ勉強やってんの？」

俺っ時は二、三回ぐらいで終わった記憶あるんだが……。

梨華ちゃんたちはゴールデンウィーク後半から始めたからとっくのとうに終わってると思ってたとぼやくと、

「当たり前でしょ。あの頃と全然違うんだから。内容も増えるよ。私も仕事終わりに参加したけどビックリしたわ」

「そんな変わったかねえ？」

「変わったでしょ。色んな勢力が隆盛しては衰退して、その上年間世界の危機みたいなことになってるんだから」

「あー……」

「しかも全部ヒロくんが何とかしてる。私と再会する前の日も世界滅亡防いでるじゃん」

世界の危機についてはまあうん、俺の感覚が麻痺《まひ》してた感あるわ。

何かね、またかよ……ぐらいの感じ。毎年やってくる花粉症みたいな感覚だった。

「でも勢力云々《うんぬん》はそうでもなくね？　繁盛してても潰れることはあらぁね。世の道理さ。一々気にしてたらやってらんねえよ」

「そんな飲食店感覚で語られても……残党とかいるし……」

完全に危機感が死んでると呆れた目を向けられてしまう。

「ま、まあそれは置いといてだ」

ゴホン！　と誤魔化すように咳《せき》払いをし、とりあえず話を打ち切った。

「時間は有限だしそろそろ始めようや。準備はもうできてんだろ？」

「勿論。そっちこそ大丈夫なのかな？」

言葉ではなく代わりにクイクイと手招きをしてやると千佳さんは勝気な笑みを浮かべた。

そうそう、これだ。これだよ。存外、血の気が多いんだこの人。

「行くよ……ッッ!!」

千佳さんが思いっきり地面を踏みつけるとマグマが噴き出した。

視界を完全に遮るマグマの津波を見て俺はどうしようもない懐かしさに襲われた。

（終盤に入ってから使い出したお得意の戦法だ）

まずマグマの津波って時点で視覚的なインパクトは絶大。初見だと大体動揺する。

動揺する程度の相手なら防ぐ手段を持っていても焦熱に焼かれる自分を想像してしまい咄嗟に回避行動に出てしまうケースが多い。その場合は大体、上に逃げる。なので回り込んで一撃をかます。じゃあ防ぐのが正解かっていえばそうでもない。

（……吹き飛ばすこともできるが錆落としだしな。敢えて乗っかろうじゃん）

障壁を展開しマグマを遮る。

俺を焼き尽くせなかったマグマはそのまま消え……ることはなく残り続けた。

訓練場を満たし渦を巻くマグマの海。上下左右に視線を走らせて千佳さんを探すがどこにも見当たらない……うーん、やっぱりわかんねえな。

マグマの海のどこかに溶けているのはわかってるんだが正確な位置が特定できない。

千佳さんは地球の力を吸収して生まれた星の巫女《みこ》と呼ばれる存在だ。それゆえ自然との親和性が尋常ならざるレベルで高く一度こうして紛れてしまうと駄目。

(この手の隠密系の技術にありがちな、人が紛れている違和感がないんだよな)

感覚頼りで探すのはまず不可能だ。

(さてどうするか)

初手でマグマの津波を防がせてから不意打ちを相手に警戒させ神経を削るのが狙いだ。

対処法は幾つかある。一つはこのまま待ちの一手で我慢比べに持ち込むこと。

(でもそれじゃ面白くない)

だから俺が取るべきは二つ目。マグマの海をどうにかして千佳さんを炙《あぶ》り出すこと。

(折角だ。俺もインパクト重視でいかせてもらおうか)

俺は大きく息を吸ってマグマを吸い込み始めた。

新たなマグマを生成するよりも早く飲み込み続ければいずれは綺麗さっぱりなくなる。

「何て、出鱈目《でたらめ》ッ……!?」

堪らず飛び出した千佳さんに向かって時間差で二発の光弾を放つ。

一発で誘導、二発目で着弾させるという思惑は見事達成。

咄嗟に防御はしたようだがその体は吹き飛び、壁に叩き付けられてしまう。

「でも、錆を落とすならこれぐらいじゃなきゃ……ねっ!!」

「それでこそだ」

弾幕のように放たれた風の刃《やいば》を手で払う。

視界を塞ぐほどの圧倒的質量。火力で攻める——と見せかけて、だな。

(不可視にできる風の刃にわざわざ色をつけるとか陽動目的以外にゃあり得ない)

色付きに自分を溶かした不可視の刃を紛れ込ませてるってとこかな。

「む」

背後に気配を感じた。やっぱり陽動……でも遅い。

「あま——……!?」

振り返り、それを目にし、硬直。横っ面に衝撃が走り俺は蹴り飛ばされた。

「ちょっとヒロくん！　必要以上の手加減はなしって言ったよね!?　反応できてたのに喰らうとかあり得ないんですけど!!」

両手を腰に当て身を乗り出すように俺を叱る千佳さん。

この反応で確信した。それは意図して起こした事象ではないのだと。

俺は頬をさすりながら立ち上がり、指摘してやる。

「……千佳さん、自分の体を見てみ」

「は？　体？　わけわかんないこと言ってないで……」

「良いから」

そう念押しすると千佳さんは不満げに顔を下に向け……。

「え？　は？　胸、縮んでる？」

いや胸だけじゃない。

「そういえば視線も低く……？」

そう、今の千佳さんはあの頃の姿そのままだった。

（ち、チカちゃん……ッッ）

俺は今、とんでもなく興奮していた。


突然の若返り。流石にそのまま続けるわけにもいかず色々調べてみたんだがどうも一定以上まで出力を上げると肉体が活性化して若返りが起きてしまうらしいことが判明した。

力を抑えて少しすると元の姿に戻ったので永続ってわけではないようだ。

バトル漫画の強キャラのババアとかにありそうな特徴だなと思ったが口にはしなかった。

調べるのに結構時間がかかってしまい、結局その後は解散になり家に帰ったんだが……。

（結局、一睡もできんかった）

シャワーを浴びてホットミルクを飲んで念入りにストレッチをしてからベッドに入ったんだが、若返った千佳さんの姿が目蓋の裏に焼き付いて離れないのだ。

（なんっ、だろう……わかんねえ……わかんねえ……）

一つ確かなことがあるとすれば俺はかつてないほど興奮しているということだけだ。

だが、何故？　興奮というのなら大人の千佳さんにもアピられる度、興奮してたさ。

飾らず言うなら中年の脂ぎった性欲をメラつかせてたよ。

でも違う……それと今も絶えず俺をギラつかせているこれは違うんだ。

（若返っただけだぞ？）

だけって言うのもおかしな話だが、千佳さんは千佳さんじゃん？

大体さ。若い頃の千佳さんっつーんなら梨華ちゃんいるじゃねえか。

（いや女子中学生にムラついてたらやべー奴だけど……）

でもあの頃の千佳さんより多少若いが瓜二つじゃん。

だってのに梨華ちゃんにそういうんはなかった。だからこそ余計にわからない。

（何なんだ制御できないこの性欲は……これじゃまるで思春期の猿じゃないか……）

結局、出勤の時間になっても昂《たか》ぶりは消えなかった。

物理的な現象は物理的な方法（血流操作）で何とかした。一旦はそれで収まった。

しかしすぐにぶり返した。胸の裡《うち》で滾るパッションは微塵《みじん》も翳《かげ》らない。

振り切るように仕事に打ち込んでみたがやっぱりダメ。

いつも以上の能率で捌《さば》けたがどうにもならず興奮は増すばかり。

このままじゃ駄目だと部下の誘いを断り早上がりした俺は互助会の本部へ直行した。

「うぉ!?　ど、どうかしましたか佐藤さん……」

会長室に直で飛ぶと呑気《のんき》に茶を啜《すす》っていた会長がギョっとして茶をこぼした。

申し訳ないと思うが構ってる暇はない。

「西園寺さんと西園寺さんの娘さんのことでまだ何か?」

「……れ」

「はい?」

「仕事をくれぇえええええええええええええええええええええええええ……」

地獄の底から絞り出すように懇願した。

「は、はいぃ?」

「だ、だめなんだ……じっとしてると頭がおかしくなりそうなんだよ!　と、闘争を……戦いを、戦いを俺に与えてくれ……」

震えが、手の震えが止まらないよぅ。

「えぇ……?　何でいきなり悲しき狂戦士みたいなことになってるんです……?」

「な、なあ……あるだろ?　何かあるんだろ?　い、いい良い感じの戦いがさァ!!」

「完全にヤバい人だ……」

普段から頼んでもねえのに面倒な仕事押し付けてくるんだ。

やる気になってる今のうちに押し付けてこいよ。な？　な？

「ちょ、近……近いですって！　キスでもするつもりですか⁉」

「誰がテメェみてえなジジイとチュウしてえよ⁉　殺されてえのか‼」

「チュウってまた可愛い表現を……依頼……依頼ですか……うーん」

「は、早くしてくれ！　もう限界なんだ！　このままじゃ爆発しちゃうよぉ‼」

「そう言われましてもねえ。佐藤さんにやってもらうような喫緊の依頼は特に何も」

「はぁ⁉」

「いや仕事自体は無数にありますがね。それは他の会員に回すべきものであなたに全部押し付けちゃ彼らに迷惑がかかる」

う……正論……。

互助会から出される依頼の殆どは表の調和を保つためのものだ。

だがそれは会員の鍛錬も兼ねていて彼らがより強くなるために必要な機会でもある。

それを奪われたら困るというのは確かにその通りだが……。

「じゃあ、じゃあどうしろっていうんです⁉」

「いや私に言われても……ああでもそうですね。これなら、まあ、良いかな？」

「何だ⁉　佐藤英雄三四歳、何でもやります‼」

「戦いに直結するかどうかはわかりませんが、ちょっと怪しい表の企業がありましてね」

……諜報《ちょうほう》系かい。

いやだが相手方に悟られないようコソコソ動くこの手のミッションはありかもしれん。

バレないようにというスリルでこの滾りを誤魔化せるのでは?

「わかった、すぐに動こう」

「後で文句言われてもあれなんで言っときますけど何」

「文句は言わねえから早く!　もう我慢できねえんだ!!」

「はぁ……じゃ、そちらのスマホに詳細送りますんで」

データを受け取りざっと目を通す。

粗方頭に叩き込むと件の企業の本社ビル付近に転移した。

(……こっからはインチキなしだ)

オカルトパワーなし。素の人間のスペックで侵入する。

気配を消し、人の視線から外れ、ビルの中へ。

監視カメラの位置を確認し、死角を縫うように先へ進んでいく。

十分オカルトやんって?　いやこれぐらいは普通の人間でも鍛えればいけるから。

実際、オカルトなしで裏の実力者狩ってた暗殺者とか昔いたしな。

今回の依頼はこうだ。裏の商品を表で捌いてる奴がいるんでねえの?　って疑惑。

ただ物があっても売る相手がいなきゃ商売は成立しない。

パンピー相手に売り捌くのはリスクが高く、そのくせリターンは少ない。狙いは金持ちだ。

だが金持ち相手となれば扱うものがものだけに相応のコネクションが必要になる。

裏の人間に唆《そそのか》されたここの会社の経営陣が表での流通に嚙んでると互助会側は睨んでる。

つっても会長の口ぶりからして候補の一つ、それもあんま可能性は高くない感じっぽい。

（……いるな）

天井に貼り付いて回避したり前歩いてる奴の背中にぴったりくっつきつつ最上階へ到着。

社長室に人の気配があるのを確認した俺はそのまま同フロアの便所へ。

そこから天井に忍び込んでダクトの中をのそりのそり。社長室の上までＧＯ。

中の様子が窺えそうなポジションに陣取り、そっと耳を澄ませる。

すると、だ。

「……そろそろ互助会あたりが勘づくだろうな」

え、いきなり⁉

（マジかよ）

まさかまさかの当たりである。

社長と見知らぬ男が密談してるとこにいきなりぶち当たるとか思いもしなかった。

当初の予定では社長の様子を窺いつついなくなるまで待機してガサ入れをするはずだった。

そのガサ入れにしても正直言うとそこまで期待はしてなかった。

証拠になりそうなもんなら社長室じゃなくて自宅って可能性もあるしな。

「バレてしょっ引かれるまでが計画のうち、なんですよね」

「ああ」

「しかしそれで本当にあの忌々しい佐藤英雄を欺けるので？」

え、俺⁉

「思想は違えど私もあなたも奴に煮え湯を飲まされ大願を蹂躙《じゅうりん》された。かつての奴にさえ勝てなかったのに、手が付けられないほど強くなった今の奴をどうにかできるとは……」

・因縁あるの？　どっちも丸っきり見覚えがないんですけど……。

「奴は強者だ。圧倒的なまでにな。それは認めよう。しかし、だからこそだ」

ど、どういうことだ？

「極まった力はその視座を引き上げた。あの男にとって我々は地べたを這《は》いずり回る虫けらのようなもの。わざわざ注意を向けるまでもない。それゆえに一度。一度は完全に奴を出し抜けよう。そしてその一度で十分だ」

あ、埃《ほこり》が鼻に……むずむずして……我慢、我慢しろおr――

「その間に〝星の巫女〟らを確保する、か」

「うむ。一線を退いて長いが相手は西園寺千景。佐藤英雄を排除できても彼女は生半可な相手ではないが確保することができれば最早流れは止められん。今度こそ、あの日の続きを……」

「へぶし‼」

やってもうた。そう思った時にはもう手遅れだった。

「誰だ⁉」

天井が破壊され、室内へ落下。

「「んな⁉」」

「へ、へへへ」

魔術師、呪術師、陰陽師、悪魔憑《つ》き、化け物とのハーフ、超能力者、シャーマン。

今列挙したもの以外にも裏の世界にゃ色んな出自の奴がいる。

今でこそ色々な技術を身に付けているので明確な区分はないが俺の出発点はどこか？　と問われれば一応は超能力者になるのだろう。

まあ一口に超能力者といっても色々種類はあるんだがな。

人体実験の結果異能が発現した奴もいれば、死にかけるような経験を経て力に目覚めるなんてパターンもある。掘り下げるとそれぞれに呼称があり俺は〝星の落とし子〟と呼ばれる超能力者に分類される。

かつて地球が異常に活性化していた時期があった。

その時期に子を宿した母親が力に影響を受けた結果、異能を宿す子が多く誕生。

その生まれた子供らを指して星の落とし子と呼ぶ。

分類で言えば千佳さんもそれだ。つってもレアリティ的には月とスッポンなんだが。

俺の物語はその星の落とし子にまつわるものだったわけで……。

「またしても、またしても阻まれるのか!?　正しい世界が！　真なる黎明《れいめい》が!!」

どうもコイツらはその際に敵対してた組織の残党らしい。

（……ど、どっちだ？）

敵対していた組織は主に二つ。〝真世界〟と〝混沌の軍勢〟っつー組織だ。

見た目の年齢からして当時は若いから主要メンバーじゃなかったぽいが……。

（――――いやどっちでも良いか）

敵が誰であれ千佳さんと梨華ちゃんに害を及ぼそうってんなら捨て置けん。

何やら喚《わめ》いている二人を無視し俺は即座に意識を刈り取ってやった。

そして厳重に梱包《こんぽう》した上で仔細《しさい》を記したメモと一緒に会長の下へ飛ばした。

餅は餅屋。こっから本格的に手を入れるなら本職に任せた方が良い。

暴力が必要ならあちらから要請が来るだろうし俺が動くのはその時だ。

（さっさとずらかるべ）

転移で外に脱出した俺は少し歩いてから大きく息を吐き出した。

昨夜から続いていた思春期男子の性欲はもうすっかり消え失《う》せ安堵《あんど》が胸を満たす。

未然に千佳さんたちに降り注ぐ災禍を察知できたのは本当に良かった。

防げたかどうかは全容が見えてないのでまだわからんが、そういう動きがあったことを知れたのは本当に大きい。心構えさえしとけば即応できるしな。

（いやー、良かった良かっ……た……）

缶コーヒーを購入し開けようとしたところでふと思った。

（…………あれ？　これ新世代の物語潰しちゃったんでね？）

あれから十数年。

子世代に焦点を当てた星の落とし子たちの物語が始まるみたいな展開だったのでは？

そうなると腑《ふ》に落ちる点も多い。

俺は言うなれば前作主人公の立ち位置なわけじゃん？　実際は主人公になり損ねたけどポジション的にはさ。その前作主人公が出し抜かれるとかあるあるやん？　実際アイツらも一度は出し抜ける策を練ってたっぽいし。

「……」

……仮に新世代の物語というものがあったとして。運命に選ばれた誰かがいるとしてだ。

そいつはもう、彼しかあるまい。暁光くん。

黎明とか抜かしてたもん。新たな夜明けを連れてくるのは……。

（うわぁ、うわぁ……）

ファーストコンタクトからしてさぁ！

梨華ちゃんとのフラグ折っちゃった感あるのに！　この上更に⁉

……俺は主人公になれなかったけどさ。その機会はあったわけじゃん？

全部自分でふいにしちゃったけど機会そのものは誰にも奪われなかった。

若い子が面倒なことに巻き込まれずに済んだのは良いことと言えなくもないが……。

（でも、終わってみなきゃ何が本当に良かったかなんてわからないし）

ただ徒《いたずら》に機会を潰してしまったのでは？　そんな考えが頭から離れない。

罪悪感に苛《さいな》まれながらあてもなく歩いていると、気づけば商店街に足を踏み入れていた。

食欲をそそるにおいが鼻をくすぐり、思わず腹が鳴ってしまう。

（……弁当屋か）

においの元を辿《たど》ればチェーンではない個人経営っぽい弁当屋を発見。

空腹には勝てないガキみてえな俺はふらふらとそちらに向かってしまった。

……色々考えなきゃいけないことはあるがとりあえず腹を満たしてから考えよう。

そう自分に言い訳して店の中に入ると、

「いらっしゃいませ！　って……佐藤、さん？」

「ひ、光くん……？」

店の奥からエプロン姿の光くんが現れたではないか。

「あ、俺ここでバイトしてるんですよ」

「そ、そっか」

こんなとこで会うかよ普通……運命的じゃねえか……。

「何にします？　基本全部オススメですけど」

「そうだな……」

考えるのが面倒になり弁当を物色していると奥から店主らしき女性が出てくる。

「あとはあたしがやるからそろそろあがりな！　妹ちゃんたちが待ってんだろ‼」

「あ、はい。じゃあ弁当選ばせてもらいますね」

カウンターから出てきた光くんがどれにしようかと弁当を選び始めた。

「夕飯かい？」

「ええ。うち母子家庭でして」

お母さんは夜勤が多い看護師でバイトがある時は弁当を買って帰っているのだという。

（く、苦労人かよぉ……）

ぬくぬく高校生満喫してた自分を思い出し泣けてきた……。

……そういう事情だからしっかりしてるわけだ。

（裏の世界になんて巻き込まれたくねえよなぁ）

お母さんに更なる負担をかけちまうもん。

「……それならオジサンが奢るよ」

「え、いやそんな」

「オジサンこう見えて稼いでるから遠慮しないの。あれだ、浮いた弁当代でデザートか何か買ってあげなさいよ」

「……ありがとうございます」

はにかむような笑顔が眩しい……薄汚い中年の心に刺さりまくる……。

何だよ……朝っぱらから猿みてえな性欲に振り回されてるとか俺馬鹿みたいじゃん……。

「うーん……こないだは魚系だったし今日は肉にしようかなぁ」

「サイドとかも遠慮なく頼んで良いからな」

「はい！」

「あ、それと家まで送ってくから」

「へ？　いやいや俺男ですし、そんなことまでしてもらわんでも。家もそう遠くないし」

俺も今回のことがなきゃそうしてたろうさ。

「……ここらでちょいとキナ臭い動きがあってな」

そう耳打ちすると光くんは顔を強張《こわば》らせながらも、それならと頷いた。

敵の出鼻は挫《くじ》いたが連中、梨華ちゃんの存在を把握してたからな。

巻き込まれた経緯を知ってるなら光くんの存在も認知してる可能性が高い。

妙な目や耳がないかぐらいは調べておかにゃいけん。

「じゃ、行こうか」

「はい」

弁当を購入し、帰り支度を整えた光くんと合流し歩き出す。

「……あの、キナ臭い動きっていうのは？」

あんまり詳しく話せないがと前置きした上で軽く説明してやる。

「実はここからそう遠くない場所で悪いこと企んでる奴がいてな」

「ッ……」

「大丈夫。ボスっぽい奴らをシバキ回して何かする前に盛大に出鼻挫いてやったよ」

「そうですか……え、でもそれなら……」

「企ての全容がわかってないんだ。どれだけの人間が関わってるかもな」

詳しいことは尋問の結果待ちだ。

「ボスっぽいのを捕らえたからすぐに何かあるってことはないだろうが」

「……念のため、ですね。すいません、お手数おかけして」

「いや良いさ」

そこからは雑談に移行し、駄弁りながら歩くこと十数分。

自宅付近のコンビニでスイーツを買って彼が暮らしているアパートの前に到着。

「……とりあえず妙な気配とかはなさそうだな」

ほっとしたのか肩の力を抜く光くん。

それでも油断は禁物。ちょっとでも気になることがあれば連絡をするよう言っておいた。

「じゃ、俺はこれで」

「あの！」

「うん？」

「良かったら、その……うちで食べていきませんか？」

「へ？」

「ほら、今から家に帰るとなれば折角のお弁当も冷めちゃいますし……あ、勿論ご迷惑でないならですけど」

「い、いや迷惑なんて……むしろ俺のが迷惑じゃね？　妹さんたちも戸惑うっしょ」

「大丈夫です。うちの子らは全然人見知りとかしないタイプなんで！」

「あ、ちょ」

そんなこんなで暁家で食事をすることになってしまったんだが……。

（あ、あ、あ……裕福ではないが優しさと思いやりに満ちた温かい家庭の空気がしょっぱいオッサンの心に……！）

俺は心で泣いた。

ちなみに後日聞いたところによると、何か思いつめた感じがしたので気晴らしになればと思い誘ってくれたらしい。めっちゃ良い子じゃんね。


「ママ～」

「あらあら、どうしたのヒデちゃん」

メンタルガタガタの俺はママに癒してもらおうと仕事終わり春爛漫へと直行した。

「家庭が欲しいですぅ……」

「結婚相談所に行きなさい」

バッサリと切り捨てられた。

確かにそうだけど……そうじゃないんだよ。

「お付き合いから結婚して子供産んでとかすっ飛ばして完成した家庭が欲しい」

「あたし、ショックを受けてる。三十路も半ばに差し掛かろうって男がこうも舐めたことを口にするなんて」

先日のことだ。光くんのご厚意で一緒に飯を食わせてもらったんだがあったけぇ……。

久しく感じていなかった温《ぬく》もりに触れて俺はすっかり腑抜けになっちまった。

あんな家族団欒《だんらん》って感じの食卓についたのはいつ以来だろう。

中三ぐらいか？　高校から両親が海外に転勤して戻ってくる頃にゃ俺も独り立ちしてたし。

「家族の温もりを感じてえんだよぅ……」

「実家に帰れば良いじゃないの」

「いや親父もお袋も基本、日本にいないんだもん」

退職した後はセカンドライフを満喫する！　と前々から決めてたらしいのよ。

今はバックパッカーとしてあっちゃこっちゃ行ってるから盆正月も実家に帰ってこない。

旅先から写真つきの手紙や現地の土産《みやげ》を送ってくれたりで生存確認はできてっけどな。

「あと何だろ。うちの家族はドライ……ってわけじゃないんだけどそういうほのぼの系とはジャンルが違うっつーか？」

「高望みしてる行き遅れ並にワガママだわねえ」

「欲してなんぼ、望んでなんぼの人生っしょ」

「別にカッコイイ感じになってないからね？」

「ママ辛口ぃ……とりまビールちょーだい？」

「はいはい」

おしぼりワイパーかましつつビールを所望。

……しかし何だ。このおしぼりワイパー、いつからやり始めたんだっけ？

気づいたらやり始めてた感ある。中年になると必ず取得するパッシブスキルか何かか？

「はいビール。おつまみは？」

「んー、まだ良い。今はとりあえずガンガンアルコールぶち込みたい気分だから」

呆れたように溜息をつくママ。そうね、わかるよ。

空きっ腹に酒！　体によかろうはずもない！

でも体に悪い行いってのは往々にして快楽に直結してんだもん。

まあ、俺は人より丈夫な体してっから別に問題はないけどな。

何なら肝臓とか悪くなっても抉《えぐ》り出して新しいのに替えれば良いだけだもん。

「家族の温もり云々の話だけど」

「え、まだその話題続けんの？」

「ヒデちゃんが振ったんでしょ。……まあ良いわ。千佳ちゃんとかどうなの？」

千佳ちゃん？　え、何その親しげな感じ。

俺の疑問を察したのかママはクスリと笑い答えてくれた。

「あれからちょこちょこ顔出してくれるのよ。ヒデちゃんも気づいてるんでしょ？」

「それは……まあ、うん……」

「で、ヒデちゃん自身も悪くは思ってない。ちょっと前に離婚もしたみたいだし丁度良いんじゃない？　くっついちゃいなさいよ。子持ちだけどあなたは気にしないでしょ？」

「言いたいことはわかるけどぉ何か違うんだもん」

「違うって？」

「ママも聞いてるかもだけど千佳さんとは二〇年近く会ってなかったの」

「みたいねえ」

「俺の中に焼き付く青春？　青い春がね？　こう、大人な感じのあれやこれやは違うんじゃないかって囁《ささや》いてるの」

　ああでも誤解はしないでほしい。

「決して恋愛対象にしたくないとかそういうわけじゃねえんだ」

「はぁ……あなた良い年こいて何を思春期の童貞男子みたいな拗らせ方してるのよ」

「ひ、ひでぇ」

「女に幻想持ちすぎよ」

「いや幻想は持ってねえよ。何なら再会したその日に不倫の誘いかけられたからね」

　青い春がマッハで過ぎ去って冬に入る寸前の秋ぐらいまでワープしたもん。

「まあとりあえず千佳さんの話題は置いとこう。真面目な相談もあるしな」

「真面目な相談?」

「うん。高校時代のダチがさぁ、嫁と母親の間で板挟みらしくてさぁ」

「ま、嫁姑《しゅうとめ》問題ね」

「そう。それでよぉ」

真面目な話、馬鹿な話、リアクションに困る話。

話題を変えながら飲み続け数時間。良い時間になってきたので俺は店を出ることにした。

ちょっと飲みすぎたかな?　そう思ったのですぐにはタクシーを拾わず少し歩くことに。

……これがいけんかった。ぶらぶら歩いてるうちに物足りなくなってきたのだ。

かといって今から春爛漫に戻るのもアレだし……と思いを巡らせていた正にその時だ。

(……楽しそうな声が聞こえる)

酔って緩くなっているせいだろう。

普段は意識して遮断している鋭敏な感覚が雑多な音の群れから賑《にぎ》やかな声を拾い上げた。

結構距離はあるが俺にとってはないようなもの。

認識阻害の結界を纏《まと》い、空を駆け抜け一直線でそこへと向かう。

(あれか)

河川敷。橋の下でホームレスの人らが宴会を開いていた。

良い顔、良い空気だ。これはもう……やるっきゃねえ。

即断即決。俺は一番近いコンビニで酒と食い物をしこたま買い込み河川敷へと向かった。

「やぁ、ちょいと俺も交ぜちゃくれねえか?」

突然の闖入者《ちんにゅうしゃ》に彼らはキョトンとしたものの、

「おおともさ！　お大尽のお出ましだ！　コップと椀持ってこい！」

「へへ、兄ちゃんここ空いてっからよ。座んな」

「いやいや兄ちゃんだなんてそんな……オジサン上手ねえ」

快く俺を迎え入れてくれた。

彼らは皆、気の良い人たちですぐに溶け込むことができた。

美味い酒、美味い飯、楽しい飲み仲間……最高だ。

(揃ってるよ、役が。役満だよ。幸福大三元)

酒が進む進む。べろんべろんになった俺は皆を見渡し、問う。

「良いかなァ!?　歓迎会ではコンプラ的にやれなかった宴会芸やっても良い!?」

「良いよ！　やっちゃいなよ!!」

「俺ぁ、芸には厳しいぜ？　覚悟があんならやってみなさ！」

「うん、やりゅうううううううううううううう!!!!」

俺はその場で全裸になった。そう、裸踊りだ。

こういうのはね。変に羞恥心を抱くから変態に見えてしまうんだ。

(我が心に一点の曇りなし)

って意気込みでやりゃ変態ムーブじゃなく立派な芸に昇華すんのよ。

「良いぞー！　もっとやれー！」

「ギャハハハハハハハ!!」

見ろこの盛り上がり方！　よっしゃこのまま更に激しく……あ、ダメだ。

酔っ払った状態で激しく動いたから気持ち悪くなってきた……。

「いや～とんだ珍客のお陰でいつも以上に楽しいな」

「〝教授〟もいりゃ良かったのになぁ」

「間の悪い人だよ」

全裸のまま四つん這いになって休憩をしているとそんな話が聞こえてきた。

「教授～？」

「ああ、ここら一帯のまとめ役みてえな人さ」

「品もある学もある。立ち振る舞いからして俺らみてえな落伍者《らくご》とはちげーんだわ」

「かといって俺らを見下した様子もねえし、親身に接してくれんだわ」

「話も面白えしな」

「元はどっかの大学か何かの先生様だったんじゃねえかって俺らは予想してる」

「名前も名乗ろうとしねえもんだから教授って俺らが勝手に呼んでんのよ」

「ほーん？　俺も会ってみてえなぁ」

そんな話をしていた正にその時だ。

「お、噂をすれば影とくらぁ。兄ちゃん、教授様のお出ましだぜ！」

ニャー

その声に視線をやれば河川敷に下りてくる人影が。

おぉう、こんな生活してりゃ栄養も満足に取れんだろうにやけにスタイルが……あ？

「今日はえらく盛り上がっているね。私も交ぜ……」

奴も遅まきながら俺に気づいたらしい。馬鹿な、と思う。何かの見間違いだろうとも。

しかし俺を見るその目が頭をよぎる考えを否定させてくれない。

「そのオーラ……君は、佐藤英雄……か？」

それはかつての宿敵との再会。俺は全裸で奴はホームレスだった。

「「……」」

賑わいから離れた土手の上。奴と俺はあぐらをかき遠巻きに宴の様子を眺めていた。

動揺したもののとりあえず奴と話すことを決め席を離れた……流石にパンツは穿いた。

（……何だこの状況）

皆も何かを察したのだろう。それでも触れずにいてくれた。

その温かな心遣いのお陰で俺の中で燃えかけていたネガティブな感情は鎮火している。

が、なまじフラットな状態に戻ってしまうとどう接すれば良いかわからねえ。

「……見違えたね。あの頃とは比べものにならないほど君は強くなっているようだ」

「……その口ぶり、あんた裏から足を洗ったのか？」

裏にいれば俺の話は嫌でも耳に入るはずだ。

にもかかわらずこの態度。千佳さんと同じく裏から距離を取っていたとしか思えない。

「ああ、君に敗れてそのままな」

「お前ほどの男だ。生きてたんなら再起も狙えただろうに」

コイツの名は柳誠一《せいいち》。かつて混沌の軍勢の首魁を務めていた男だ。

実力もさることながら求心力もあり、真なる混沌なんて思想を掲げてる組織のくせに連中の団結力はピカイチだった。

逆に真世界の方は星の落とし子たちによる絶対の秩序を敷くとか言ってたわりに首魁は実に荒々しい男で内ゲバも多かった。

……ともかくだ。俺に敗れたとはいえ、生きていたのなら柳の才覚であれば十分再起は狙えたはずだ。当時の下っ端どもでさえ水面下で再起を図れてたしな。

「………………その意思がなかったと言えば嘘になるな」

「なら何故？」

俺が問うと柳は小さく笑い、語り始めた。

「大願を目前にしての敗北。それだけでも堪《こた》えるのに、だ。阻んだのはよりにもよって主義も主張も何もない、ただ強いだけの少年。真世界の連中に負けた方がまだマシだった」

心底打ちひしがれたと奴は深く溜息をついた。

ひでえ言い草だ。でも本当に酷いのは何かって反論できないのが酷い。

ただ強いだけ。俺を表現する上でこれほど的確な言葉はあるまいよ。

「だが凹んでいる暇はなかった。君は私を見逃したが、他の有象無象は違うだろう？」

「ああ。むしろそれが狙いだったしな」

「やっぱりか」

あの頃の俺は尖《とが》っていたし柳たちに対する恨みもあった。だから見逃した。

曲がりなりにも自分を倒した相手と他有象無象の輩。殺されるならどっちがマシだ？

俺は後者の方が屈辱的だろうと命を取らず放置してやった。

その後死んだという話は聞かなかったがその影がちらつくこともなかった。

だから俺も他の連中も死んだものだと思っていたんだが……生きていたとはな。

「メンタルだけでなく肉体も大きく傷ついていた。長引くよう調整したんだろう？」

「そうだな」

「死骸にたかるハイエナのような連中に殺されたくはないからと無様な敗走を選んだ」

裏の世界にはいられなかったと言う。

そりゃそうだ。個人でやってく分にはそこまで厳しくもないが徒党を組めば話は変わる。

息を潜め機を窺っていた連中はごまんといる。そいつらは池に落ちた犬は叩いて殺せと言わんばかりの勢いで落ち目になった柳を狙ったはずだ。

何せ一度は日本における裏の二大勢力にまで組織を押し上げた男だからな。

再起する前に何が何でも殺してやろうとなったはずだ。

「国外に逃げることも考えたが、それは読まれやすい。裏をかいて国内に留まることにした。

といっても裏にもいられないが表でも普通の場所にはいられない。結局、流れ着いたのはこういう場所だった」

「……なるほど」

確かにそうだ。あの柳がまさかホームレスに紛れているとは夢にも思うまいよ。

それで追手の目を逃れられたんだからコイツの判断は正解だったわけだ。

つくづく有能な男だよ。反吐が出るぜ。

「屈辱だった」

「だろうな」

「だが逆境こそが人を強くする。お陰で私はひと月ほどで野心を取り戻せたよ」

メンタルつええ……。

「とはいってもすぐにどうこうはできない。力は戻ってないし回復しても十数年は裏には戻れんだろうこともわかっていた」

そして冷静。

ああ、そりゃガキの浅知恵程度では殺れんはずだと俺はかつての浅慮を自覚した。

「私はいつかの再起のため全国のホームレスのコミュニティを渡り歩き逃げ続けた」

良いことなんて数えるぐらい。悪いことの方が圧倒的だったと柳は笑う。

「まあそのお陰で野心を絶やさずに済んだのだが」

そこで少し、言葉に詰まった。柳は一息置いてから再度、口を開いた。

「再起し今度こそ理想を……その気持ちに嘘はなかったが同時にある感情も芽生え始めていた。いやもう言葉を飾らず言おう。人の優しさに絆《ほだ》された」

「それは、また」

「悪いことの方が多かった。しかし、だからこそ良いこと――人の優しさが身に染みた」

同じ最底辺の暮らしにもかかわらず見ず知らずの流れ者にすら優しくしてくれる。

全員がそうだったわけではない。そんな奇特な輩は少数だ。

だがどこに行ってもしばらく留まっていればそういう輩に出くわすのだと柳は笑った。

「つまるところ余計なお節介だったんだよ」

自嘲するように柳は言う。

「このままでは人は堕落し、目もあてられぬ状態になる。ゆえに私は混沌を望んだ」

混沌の泥の中でも折れず曲がらず足掻き続ければやがて新たな花が咲く。

咲いた花はこれまでのどんな花よりも強く美しく咲き誇るだろう。

そしてその花は他者にも影響を与え世界をより良い方向へと導いてくれる。

「……ふふふ、我ながら何と浅い見識か」

自嘲は変わらず、しかしどこか楽しげに。

俺は柳の横顔を間抜けヅラで見つめることしかできなかった。

「酷く突き放さずとも、強く縛らずとも人はやっていけるのだと私は悟った」

そしてその時、あれだけ強く燃えていた野心が嘘のように消え失せたのだと言う。

「その結果が今のあんたってわけか」

「ああ」

少しの無言の後、俺はこう切り出した。

「……あんたの才覚なら支援団体の一つでも立ち上げられるんじゃねえか？」

流石に国の中枢にまで手を伸ばして大幅な変化を、ってのは難しいだろう。

だが国家規模でなくてもそれなりの金の流れを作り上げられるはずだ。

「最低限の土壌があればな。が、今の私には戸籍すら存在しない。抹消されたからな」

裏に戻れば戸籍の一つぐらいは手に入れられるだろうがそれも難しい。

最初はバレずともどこかで正体が露見すれば手を差し伸べたい人々に害が及ぶ。

それだけの恨みは買ってきたと柳は苦笑する。

「……なら、あんたの立場を保障すれば問題はないわけだ」

「何？」

「あんたは知らんだろうが俺ぁ、これでも今じゃ裏の最強なのよ。何度も世界の危機を救ってきた。あちこちに貸しがあるのさ」

加えて因縁のある俺が柳のバックにつくとなれば表立って文句を言える奴はいねえ。

裏で何かしようとする奴は出てくるだろうが、環境さえ整えば柳が何とかするだろう。

仮に何とかならんでも俺に被害が出ることはない。

千佳さんや梨華ちゃん、光くん、会社の皆……今、俺が守りたいと思ってる人ら。そこに手を出して不興を買うような奴はそうそういない。

まあ中にはいるかもしれんが柳ほどの男を自由に使えるメリットの方が大きい。

「……解せないな。何を考えている？」

「あんたらのせいで俺はダチを失う羽目になった。そのことを許すつもりはねえ」

でもそれはそれ。俺だっていつまでもガキのままじゃねえんだ。

過去は許せずとも、現在と未来で譲歩することぐらいはできらぁね。

少なくとも今の柳とならば俺も割り切って付き合うことはできる。

「何のために？」

「勿論単なる善意じゃねえよ？　ギブアンドテイクさ。丁度フリーの知恵者の力が欲しいと思ってたとこなんだ」

「……」

「で、どうする？」

「……私に損はない。しかし、君はそれで良いのか？」

「良くなきゃこんな話、持ちかけねえよ。ちゃんと考えた上での結論だ」

柳の視線を真っ向から受け止める。少しの沈黙の後、柳はふうと息を吐いた。

「……根っこのふらついた部分は変わっていないようだが……あの子供が、ここまで大人になるとは……感慨深いな」

「うるせえよ」

「わかった。その取引に応じようじゃないか」

「契約成立だ。んじゃまあ、手打ちってことで形だけでも整えておこうぜ」

俺はその場でパンツを脱ぎ捨てた。

「……なるほど、良いだろう」

奴も察したようで服を脱ぎ捨てた。

「行くぞ」

「ああ」

和解の裸踊りだ。

三章　秩序を望んだ彼のイマ

男と男が裸一貫で向き合ったんだ。過去のことは許せないとしてもこれからのために手を繋ぐことはできるだろうよ。それが道理ってもんだろうよ。

とはいえだ。俺は良くても、もう一人……あの頃の当事者に話を通さねばならない。

千佳さんだ。計画のために何度もその身を狙われた彼女にはちゃんと話さんとな。

仮に千佳さんが受け入れられなくても俺は柳との契約を反故《ほご》にするつもりはない。

それで関係がギクシャクしても……まあ必要なことだからな。

かつての二大組織の残党が陰謀を巡らせていることに俺はまるで気づかなかった。

そしてそれは互助会や政府組織も同じだ。知ってりゃ俺に話が届いてただろうしな。

普段はテキトーに依頼をこなしてる俺でも連中絡みの話となれば黙っちゃいられない。

やる気十分の最大戦力を使えるんだから俺に依頼をしない理由がないだろ。

だが俺たちは連中の暗躍を一切把握できないまま実行手前の段階まで放置してしまった。

ギラついた性欲を鎮めるためという偶然がなければどうなっていたことやら。

だからこそ柳というブレーンの力が必要なのだ。

「おぉう、新しいマンションもええとこやんけ」

そういうわけで仕事終わり、俺は千佳さんの新居を訪れていた。

以前のマンションは梨華ちゃんがこれ以上住むのは嫌ということで引っ越したんだな。

新居選びはこれまでの贖罪《しょくざい》も兼ねて梨華ちゃんの意見を存分に取り入れたとのこと。

互助会の方で引っ越し祝いは渡したが直に訪れるのは初めてなのでちょっと緊張してる。

「……手土産ＯＫ。っし、行くべ」

インターホンでオートロックを開けてもらい中へ。教えられた部屋に行くと、

「いらっしゃいオジサン!!」

梨華ちゃんが出迎えてくれた。

飛び込んできた梨華ちゃんを受け止めつつ、彼女を背負ってリビングへ。

「いらっしゃい。ああもう梨華、ヒロくんに迷惑かけないの」

「迷惑なんかかけてないもん。ね、オジサン？　嬉しいよね？　現役女子中学生だよ？」

「おめー、これでうんそうだねＪＣ最高！　とか言い出したらやべえ奴だろ」

俺なら即通報するわ。

「あ、これお土産のケーキ」

「あらあら、気を遣わなくて良いのに」

「そこはほら、営業マンの性よ」

夕飯はもう済ませてるだろうし食後のデザートにゃ丁度良かろう。

そんなこんなでケーキをつつきながら話をすることに。

「オジサン、結構センスあるの？　良い感じのラインナップ揃えてきたじゃん」

「いや俺の知恵じゃねえよ。うちの部下にご教授願ったのさ」

「部下ねえ。女の子？」

若干、目を細める千佳さんに苦笑しつつ男だよと答える。

「営業部一の甘味ジャンキーで糖尿病予備軍筆頭の呼び声も高い武《たけし》くんのオススメさ」

「タケシ、スイーツ好きなんだ……」

「というか糖尿病予備軍筆頭は誉め言葉じゃないでしょ」

そうね。

でも梨華ちゃん、そういう男なのに？　みたいなリアクションは良くないぜ。

そういうこと言ったら武キレ散らかすから。性と平等について小一時間語り出すから。

「まあそれはともかく本題に入ろうじゃないか」

「……裏関係の話なんでしょ？　梨華も一緒にっていうのは」

「ちょっとママ。何で私だけ除け者にするのよ」

「悪いね千佳さん。でも梨華ちゃんにも無関係な話じゃねえんだわ」

残党の話についてはまだ千佳さんにも話していない。

これは互助会の判断だ。まだ何も判明していないのに徒に不安を煽《あお》る必要はないと。

それについては俺も賛成だった。代わりにこっそり護衛つけてるし万一の時は俺も動く。

「ッ……詳しく、聞かせて？」

「こないだ真世界と混沌の軍勢の残党が手を組んで動いてたのが露見したのよ」

「……ひょっとして」

「トップじゃねえよ。顔も知らん奴らが音頭取ってた」

ちなみに当時柳たちをその場で殺さなかったことは千佳さんも承知の上だ。

少しは溜飲が下がると喜んで受け入れてくれた。

「ねえねえママ、何？　そのこん……何ちゃらって」

「そうね……真世界の方はＳＦでよくあるディストピア感マシマシの行きすぎた管理社会を作ろうとしてた連中」

「混沌の軍勢は無法万歳、万札なんざケツ拭く紙にもなりゃしねえよ！　なヒャッハー社会にしようとしてた連中だな」

「え、何それクッソ迷惑なんですけど」

「『仰る通り』」

返す言葉もねえわ。

いや、俺は敵対する側だったから擁護するつもりはさらさらないけどね。

「んでな、そいつらは昔梨華ちゃんのママを狙ってたんだわ」

「何で……あ、特別な力ってやつ？」

「そう。今回は娘である君にも目をつけていたらしい。詳細はまだわかってないがな」

「……事情は理解したわ。注意喚起のためだったのね」

「まあそれもあるけど、もう一つあるんだわ」

首を傾《かし》げる千佳さんに俺はこう切り出す。

「柳誠一を覚えてるか？」

「ええ。忘れるわけがないわ。それはヒロくんもでしょう？」

「誰？」

「さっき言った混沌の軍勢のリーダーだった男さ」

「すっごい悪《ワル》の奴ってことね」

「柳がどうしたの？」

「ああ、アイツ生きてたんだわ。今、ホームレスやってる」

「――――」

猫のフレーメン反応みたいな顔で固まる千佳さん。

狙い通りだ。普通に生存を告げるだけでは諸々の感情が噴き出して冷静さを欠くからな。

ゆえにホームレスという情報を加えた。

千佳さんはしばしの沈黙の後、

「……ごめん。ちょっとトマトジュース飲んでくる」

とキッチンに引っ込んでいった。

少しして半分空になったトマトジュースのペットボトルを片手に帰還。

「……何がどうなってるのか一から説明してくれるかしら？」

「勿論」

わからないがキャパオーバーすると冷静になるよねっていう。

昨夜の状況を説明してやると千佳さんは机に突っ伏してしまった。

「どうなってるのよもう……」

「いやでもママ。悪役の改心としては綺麗な流れじゃん。絶対仲間になるやつでしょ」

「……梨華？　漫画やアニメと現実の区別はつけなさいね？」

「いやいや梨華ちゃんが言ってることは存外、間違いじゃねえぜ？」

「え」

「仲間ではねえが、奴と手を組むことにした」

裏への復帰を手助けする代わりに奴の力を借りる契約について説明すると……。

「………わかった。ヒロくんがそう決めたのなら何も言わないわ」

複雑そうな顔をしながらも受け入れてくれた。

「良いのかい？」

「だって……私たちのためなんでしょう？」

何もかもお見通し。

仕方なさそうに、それでいて嬉しそうに笑う千佳さん。胸の高鳴り止まんねえな？

真面目な話は終わり。こっからは茶ァシバキながらのお喋りタイムだ。

「ねえねえ。混沌何ちゃらとは別にもう一つ何か組織あったんでしょ？」

「ああ」

「そっちのリーダーはどうしてるの？」

「ヒロくん？」

「いや知らん。柳のことだって昨日知ったばっかでとうに死んだもんだと思ってたし」

「そうね……でもまあ、あっちは死んでるでしょ」

「だよな！」

けらけらと笑い合う。

「ちょ、何で断言できんの？　その柳って人も生きてたんだし生きてるかもじゃん」

「「ないないあり得ない」」

揃って否定する。

「そりゃねえ？　柳のことは嫌いだけどあの男は有能だったもの」

「けどあっちはなぁ。本質的には意識高い系に目覚めたチンピラでしかねえし」

「ある意味で柳より性質《タチ》の悪い厄介な男だけど……ねえ？」

「ああ。あの状況なら死んでるだろ」

「というか何で梨華は生存説を推すのよ」

「いやだって柳って人がそんな感じならもう一人もさあ」

他人事《ひとごと》だなぁ……まあ実際そうなんだが。

「ふぅん……じゃあ梨華ちゃんは生きてたとしてどんなことになってると思う？」

「え？　うーん、柳って人が良い話系だったからギャグ系の改心してたら面白くない？」

「具体的には？」

「お笑い芸人とか？」

「アイツが漫才とかやってたら確かに面白いかもしれん」

「はいはい！　それなら私も良いの思い浮かびました！」

「お、千佳さんもか。どうぞ」

もし生きてたらどうなるか大喜利で盛り上がる俺たちなのであった。


日曜である。リーマンにとっては日々の疲れを癒すヒーリングデイ。

明日から始まる仕事に備えるためという言い訳で存分にダラダラできる素晴らしい日だ。

まあ家庭があればそう上手くはいかんけどな。家族サービスとかもあるだろうし。

世のパパさんってすげえよな。ガキの頃は駅とかでどんよりしてる湿気《シケ》た中年見て馬鹿にしてたが冷静に考えるとやべえぞ。毎日くたくたになるまで仕事してたまの休みにゃ子供にどこそこ連れてけとか急《せ》かされてさ。よく体がもつな。

父親の強さを知ると途端に湿気た中年も実力隠してる系の強キャラに早変わりだ。

「……すいません、お休みの日に」

「良いよ良いよ。どうせ暇してたしね」

頭を下げる光くんを気にするなと笑い飛ばす。

昼飯食い終わってゴロゴロしながら録《と》り溜めしたドラマを見ていたら光くんから連絡が来て鍛錬に付き合ってもらえないかと頼まれたのだ。勿論、即快諾したよ。

何せ俺は嫁も子供もいねえ暇なおひとり様だからな。

んで今、貸し切りにした互助会の訓練場の一つで光くんと共に準備体操をしている。

「なあ光くん。こういう準備運動って何のためにやってるかわかる？」

「へ？　えっと、急に動いて体を痛めないように……ですか？」

突然話を振られて戸惑いつつも、答えてくれた。

そうだな。それは正しい。体育の授業とかでもそう習うよな。

「それは一般人の話。俺らみたいなんは別にこんなんせんでも体を痛めたりはしない」

「え？　じゃあ何で……」

「体に恩恵はないが、意味はあるんだよ」

屈伸しながら説明を続ける。

「精神的なスイッチさ。これから動くぞ！　って気持ちに持っていくためにやってんだ」

力ある人間には色んな区分があるけど基本的にどれも肉体より魂の比重が大きい。

千佳さんとか見た目は綺麗な大人の女って感じで戦いからは縁遠いように見えるがその気になれば目にも留まらぬ速さで動ける。力が肉体ではなく魂に依存してるからだ。

「魂ってのはメンタルに大きく影響を受ける」

その時々のパフォーマンスだけじゃなく成長って意味でもな。

「な、なるほど」

「ただ肉体を鍛えるのも完全に無意味ってわけじゃない」

肉体が魂に与える影響もあるし鍛えるという行為そのものがメンタルにも影響を及ぼす。

俺はこんだけ鍛えたんだ。俺は前より強くなってるぞ。そう思えばその通りになる。

まあ効果は千差万別で目に見えて効果が出ることもあればあんまりってこともある。

「じゃあメンタル関連でもう一つ。戦ってる時の精神状態はどんなのが良いと思う？」

「……今までの話からして……強気でいけ、ですか？」

「それじゃ一〇〇点はあげられないな。五〇点ぐらい？」

「え」

「確かに俺最強！　俺が負けるわけねえだろ！　って心の底から思えるならそれが良い」

でもさ、それを常時維持できるか？　格下相手なら問題なかろうさ。

だが同格、格上相手に常にその精神状態を保てるか？

「どう見ても不利な状況なのに一切の曇りなく自分を信じられる？」

「それは……無理、です」

「だよな」

まあそういうタイプもいるにはいる。

不利だな……なるほどこっから俺の逆転劇が始まるのか！　ってな具合にな。

でもそういう奴は稀有《けう》だろう。普通の奴はそこまでおめでたくはなれない。

「だからフラットな状態を維持するよう心がけるのがコツだ」

もしくは光くんみたいなタイプなら家族を意識するってのも良いな。

死ねば泣かせてしまう。そう思えば必死になれるだろう。

「泣かせたくないよな。あんな可愛い妹さんたちをさ」

「はい！　ちなみに佐藤さんはどんなことを考えて戦いに？」

「俺？　俺はぁ……ごめん、俺はあんま深く考えてねえ」

今はもう苦戦することすら稀だし、昔もなぁ。

「必死でやってはいたけど……じゃあそれのお陰かっつったら別に……」

そういうのがババアの言う〝踏み倒し〟なんだろうな。

柳にもふらついた部分は変わらないとか言われたし……あぁ、凹む。

「まあ俺はダメな例だから気にしないで」

「は、はあ」

「じゃ、そろそろ始めようか。さっき言ったことを意識しながらね」

「はい‼」

目を閉じすぅ、と息を吸い込む光くん。スイッチを入れたのだ。

光くんの力が何なのかはわかっていない。互助会や本人は超能力者で異能は身体《しんたい》強化という
シンプルなものだと認識してるけど……。

（主人公っぽい子だしなぁ）

そして超能力者といっても関わりがありそうな星の落とし子じゃないのも気になる。

星の落とし子を巡る第二の物語っつーんなら光くんもそうじゃないかと思ったんだけど違うっぽいし……まあ良いか。今わかってる範囲で鍛えても無駄にゃならんし。

「準備は良いか？」

「いつでもいけます！」

「良い返事だ。じゃ、おいで」

「行きます‼」

強く床を蹴って殴りかかってきた彼の手を取りそのまま上へ放り投げる。

ギリギリ天井に当たらん高さに調節したが光くんは「？・？・？・？」顔だ。

何をされたかまるでわかっていないのだろう。

着地した光くんは戸惑っているようで足を止めてしまった。

「足を止めるな。緊張を切らすな。ペナルティだ。腹に行く」

視認できるギリギリの速度で接近し、大仰に腕を振りかぶる。

咄嗟に腕をクロスさせ腹を守る光くん……良い判断だ。

「うぶっ⁉」

でも無駄……ではないが防いでも相応の威力になるよう調節させてもらった。

ペナルティと言った以上はな。あとは痛みを感じることでより緊張感を持ってもらおうって狙いもある。逆に萎縮してしまう可能性もあるが、

「……ッ……気合、入りました！　続きお願いします!!」

そうだ。君はそういう奴だ。

それから数時間。日が暮れるまで休みもなくぶっ通しで組み手を続けた。

終わる頃には疲労困憊《こんぱい》で喋る気力も残っていないが、その瞳に宿る輝きに衰えはない。

スポドリを差し出し俺も動けるようになるまでは付き添うことにした。

「今日は、ありがとうございました」

何とか動けるようになった光くんはスポドリを一気飲みした後で深々と俺に頭を下げた。

「ああ。毎週ってのは無理だが、都合がつく時は付き合うよ」

「……お世話になります」

「んじゃシャワー浴びに行くべ。くたくたになった後のシャワーは気持ち良いぜ～？」

「はは、そうですね――……あ、そうだ」

「うん？」

「佐藤さん。この後の予定は？」

「特に何も。俺ぁ嫁なし子なしの独身貴族だからな」

いやそろそろ独身皇帝ぐらいにはなってるかも。そんな独身皇帝の予定とか……ねえ？

強いて言うなら飯。外食か買ってくかだな。どちらかといえば今の気分は後者だ。

コンビニで後先考えず山ほど色々買い込みたい感じ。

「じゃあ、うちに来ませんか？」

「はい？」

「その、母が佐藤さんにどうしてもお礼を言いたいと」

「……あぁ」

裏の世界に足を踏み入れる時、家族に伝えるかどうかは当人の判断に委ねられる。

伝える場合は互助会の人間が同行し注意事項なんかを説明してくれるのだ。

俺は親には何も言わなかったが光くんは悩んだ末、告げることにしたらしい。

親御さんからすれば色々気になるよな。

「わかった、付き合うよ」

「ありがとうございます」

にしてもあれだな。この子、ホント爽やか。

（……何て眩しい青さだよ）

少し時間を潰してから光くんのアパートに向かうとお母さんが出迎えてくれた。

お母さんは看護師らしく清潔感のあるショートカットの可愛い系の女性だった。

（高校生の息子がいるにしては随分若く見えるな……三二、三ぐらいか？）

見立て通りならかなり若い頃に光くんを……詮索はよそう。

「百合《ゆり》と申します。息子が大変お世話に……」

「いやいや、俺はやるべきことをやってるだけなので」

とりあえず中に入ろうとするとパタパタと軽い足音と共に一〇歳ぐらいの双子の女の子が現

れた。光くんの妹の藍《あお》ちゃんと翠《みどり》ちゃんだ。

「いらっしゃーい！　オジサン、お土産は？」

「お土産お土産!!」

「こ、コラ!!」

百合さんが娘を窘《たしな》めるのをまあまあと宥《なだ》めつつ俺はしゃがみ込んで二人にお土産を渡す。

「「わぁー!!」」

お菓子やらぬいぐるみやらが大量に詰まった袋を抱え目を輝かせる双子。

堪らねえ……癒しゲージがぐんぐん上昇してるのを感じるぜぇ……。

「え、ちょ……あの、い、頂けませんこんな……」

「ああお気になさらず。これゲーセンの景品なんで」

「け、景品？」

「ええ」

晩飯の時間までそこそこ間があったからな。光くんを誘ってゲーセンに向かったのだ。

俺の奢りだと言うと固辞しようとしたが一人で遊ぶのは寂しいからで押し切った。

ゲーセンに行ったのは時間を潰すのもあったがお土産を調達するためでもある。

普通に何か買ってこうぜつっても光くんの性格的に遠慮しちゃうからな。

「いやでも……」

「プライズ系のゲームは獲《と》るのが好きなだけなんで」

ゲットした景品に興味はないのだ。

「量は結構なもんですけど、これ全部で一万も使ってないんで」

「……店員さん青ざめてましたね」

光くんが少し呆れたように言う。

まあこんだけ乱獲したからね。そりゃ店側としては堪ったもんじゃなかろうよ。

ちなみに言っておくが異能の類は一切使ってない。純粋な技術のみだ。

「すっごーい！　オジサン、プロなの？」

「まあプロを名乗っても良いかなとは思ってる」

高校の頃、一時期ゲーセンに通い詰めてたからな。

裏の依頼で金入ったらその足でゲーセン向かって一日で全部溶かしてた。

クレーンゲームとか結局のところ経験値よ経験値。場数踏んで感覚摑めば余裕余裕。

まあその感覚を摑むのに幾らかかったか考えると収支的にはまだマイナスだけどな。

「お兄ちゃんは何かないの？」

翠ちゃんの質問に光くんはすっと目を逸らした。

「……立ち話もあれなんで中に入りましょうか」

「お兄ちゃんな、不器用だから全然だったんだ」

「「あー」」

ちょっと笑った。

玄関先でもうにおいはしてたが中に入るとこれはまた……あー、食欲をそそりますね。

今日の暁家の献立はカレーだ。お母さんが作るお家《うち》カレーとか寂しい中年にゃ特効だよ。

ご相伴に与《あずか》れるなら一〇万ぐらいはポンと出しても良いと思う。

（……かっちゃまのカレーとかもうどれぐらい食べてねえんだろうなぁ）

手を洗い食卓につくと百合さんが丁度良いタイミングでカレーを持ってきてくれた。

「あれ？　どしたのオジサン？」

「泣いてるの？」

目頭を押さえる俺に心配そうに声をかけてくれる双子。

「……オジサンはね、こういう家庭の味に飢えてるんだ」

ただのカレーでもやばいのに手作り感ある俵型コロッケも一緒なんだもん。

ここでコロッケカレーとか出されたらそりゃオッサン泣いちゃうよ。

あのー、外食でも家庭の味とか温かみを売りにしてるとこあるけどさ。

リアルな家庭のそれと比べたらパチモンよ。清純派ＡＶ女優みてえなもんだ。

「あ、あはは」

百合さんがどうリアクションして良いのかわからなくて愛想笑いしてる。

ごめんね。でも百合さんは大人だからわかってくれると思う。

職場にも俺みたいなしょっぱいオッサン一人はいるでしょ。

「と、とりあえず食べましょうよ！」

皆で手を合わせて〝いただきます〟。

もうさ、この食前のいただきますだけで泣いちゃいそうになるよな。

家で一人だと言わねーもん。無言でもそもそ飯食い始めるもん。

「うめぇ……うめぇ……」

「でしょでしょ？　ママのカレーはすっごいんだから！」

「こ、こらやめなさい恥ずかしい」

「オジサン、藍のコロッケあげよっか？」

「あはは、気持ちだけもらっとくよ」

「じゃあ私はサラダを……」

「こら翠。露骨に野菜を押し付けるんじゃありません」

「光くんの言う通りだぜ翠ちゃん。バランスの良い食生活は健康もそうだが美容にも響くからな。将来、お母さんみてえな美人になりてえだろ？」

「なりたい！」

「じゃあ好き嫌いはダメだ」

そんなオジサンは好きなもんだけ食っててこのザマです。

いやでも若い頃はなぁ……暴飲暴食しても太らなかったんだよマジで……加齢のミステリーだな。カレーだけに？　ワハハハハハハ!!

「ねえねえオジサン、お兄ちゃんはちゃんとやってる？」

「ん？　ああ、勿論。職場でも評判上々だよ」

オッサンと男子高校生。普通に考えたらどういう関係だってなるよな。

なので双子ちゃんたちには職場体験でうちに来てて俺が面倒見てると説明したのだ。

「お兄ちゃんしっかりしてるように見えてこれで結構間抜けだから心配してたんだよね」

「おい」

「光くん大丈夫。普段しっかりしてるならちょっと抜けたとこは逆にポイント高いから」

「お兄ちゃん大丈夫？　職場の女の人にねっとりとした視線向けられてない？」

「お前らいい加減にしろよ」

この気安い関係良いわぁ……家族って感じ。俺はひとりっ子だったから余計に尊く思う。

双子ちゃんが無限に可愛くて油断すると口座あげちゃいそう。

「あ、佐藤さんおかわりはいかがでしょう？」

「やー、すいませんね。いただきます」

和やかに食事は進み、食後。

洗い物を終えた百合さんがエプロンを外しながらちらりとこちらに視線を送ってきた。

「光くん」

「……はい」

認識阻害の術式を展開し、俺は百合さんを連れ外に出た。

（大人にとってはこれからが本番だ……いや、変な意味でなくてね？）

途中自販機で飲み物を購入し近所のロクに遊具もない小さな公園へ向かった。

人けのないところなので気兼ねなく話ができるとのことだ。

俺の力ならどうとでもできるが百合さんは一般人だからな。好きにさせた。

「どうぞ」

「……ありがとうございます」

お茶を渡したが百合さんは開けようともせず握りしめたままだ。

俺は構わず缶を開けコーヒーで舌を潤す。

（……俺から何か切り出すべきか？　いやでも話があるのは百合さんなわけだしな）

どうしたものかと悩んでいると百合さんがぽつりと切り出した。

「……何となく察しがつくかもしれませんが」

「はい」

「私、若い頃は結構やんちゃ――いやもう言葉を飾らず言うと馬鹿やってました」

おっといきなりドストレートが飛んできたぞ？

何となく話の運び方が予想できたけどちょっとあの、反応に困るですぅ。

「客観的に言えば恵まれてて不満なんて贅沢だなって立場なのに何もかもが気に入らなくてグレてたんです。家には殆ど帰らなかったし補導も何回もされて、両親にも何度も頭を下げさせちゃいました。それでもロクに反省もせず遊び歩いて……一六の頃、光を産んだんです」

百合さんのご両親はおろせと言ったらしい。それは苦労が目に見えていたからだろう。

しかし若い彼女はそれを受け入れなかったのだとか。

「道徳的な理由ではなく親への反発です。馬鹿でしょう？」

「俺もまあ大概なガキでしたが昔の百合さんほど馬鹿たれではなかったつもりです」

厳しいなぁ、と百合さんは笑った。

ここで下手《へた》にフォロー入れるのも違うだろうと思ったが正解だったらしい。

「男と逃げて二人暮らしを始めたんですが……これがまあ、ロクでもない男でして」

学生を孕《はら》ませるような大人なんてそりゃロクデナシだろうさ。

「酒に酔って暴力は振るうし、金遣いも荒い」

吐き捨てるような言葉の裏には侮蔑だけでなく自らへの嘲りも感じられた。

「光を産んで半年ほどで限界になって親元に帰ろうとしたんですが……拒否されました」

見限られたのか、ここで痛い目を見なければ本当にダメになると考えたのか。

「実家に拒絶されたら行くところもないと結局、男の下に帰りました。自分しか頼る人間がいないというのを見抜いてたんでしょうね。もっと扱いが酷くなりましたよ。今でこそ行政に助けを求めるとか抜け出す方法は色々思いつきますけど……」

「ロクに勉強もしてなかった社会を舐めた小娘にはわかろうはずもない、と」

「仰る通りです」

……さっきもそうだが百合さんは責められたいんだな。若さゆえの過ちを。

誰かに叱ってほしいんだ。それは子供たちへの罪悪感からくるものだろう。

その方が気が楽になるならそうさせてもらうが……言う側としては結構しんどい。

「そんな地獄を抜け出す切っ掛けとなったのが藍と翠を妊娠した時です。元旦那が妊娠中の私に暴力を振るおうとしてまだ小さかった光が身を挺《てい》して私を庇ってくれたんです」

〝おかあさんはぼくがまもる〟幼い彼はそう言ったそうだ。

「……その言葉を聞いた時、私何やってるんだろうって心底自分が情けなくなりました」

光くんを連れ再度実家に逃げ、せめて子供だけでもと言って一時の許しを得たそうだ。

そこで甘えず必死に勉強して学校に通い看護師の資格を取得して自立したのだと言う。

「今も決して余裕がある生活ではありません。苦労をかけて申し訳ないと思っています」

それでも、と百合さんは真っ直ぐな瞳で告げる。

「――私は幸せです」

それは何故って？　決まってる。

「子供たちがいてくれるから。あの子は私にとって命よりも大切な宝物なんです」

だから、と声を震わせる。そこからは言葉が続かなかった。

（こりゃ互助会から説明に来た奴が相当厳しい奴だったっぽいな）

頭では納得してるけど剝《む》き出しのリアルをぶつけられたせいで恐ろしくて仕方ない。

「……百合さん。光くんは俺のこと何て説明しました？」

「え？　えっと、危ないところを助けてもらってそれからも色々お世話に……あ、ごめんなさい！　私ったら順序を間違えて」

お礼とかは良いのだと手で制し、小さく溜息をつく。半ば予想してたことだが……。

「そうか。やっぱそういう風に誤魔化してたわけね。あの子らしい」

「あ、あの……誤魔化すって……」

「確かに俺は危ないところを助けた。それは嘘じゃない。でも彼は一つ隠し事をしてる」

ただでさえ悪かった顔色が更に酷いものに。

申し訳なく思うが、すまん許してくれ。

「怪物に襲われた時ね。光くんは同じ場所にいた見ず知らずの女の子を身を挺して守ろうとしてたんですよ」

「ッ……」

「他人のために命を懸けられる。美しい話だ。でも、他人にとっては美談でも親からすりゃ複雑でしょう」

生き残れたなら良い。しかし、死んでしまったら？

息子を誇りに思いますなんて割り切れるか？

我が子が命を懸けて守った誰かを憎まずにいられるか？

人間は弱い。頭じゃわかっていても感情が納得できないことは幾らでもある。

「光くんを絶対に守る。なんて口が裂けても言えません。俺には俺の都合もある」

「……」

「自分から死に近付く馬鹿を守れって言われても無茶を仰るとしか言えねえ」

唇を噛み締め俯く百合さんにすっげえ胸が痛むけど……まあ最後まで聞いてくれ。

「でも一つだけ、約束します」

それは百合さんを気遣ってでもなければ光くんのためってわけでもねえ。

俺がそうしたいと思ったからそうするんだ。

「馬鹿な生き方を貫きながらも家族の下へ帰ってこられるように全力で光くんを鍛えます」

「佐藤、さん……」

顔を上げた百合さんに笑いかける。

「俺がそう思ったのは百合さんの身の上話に同情したわけでも、大人としてそうすべきだと思ったからでもない。暁光って一人の男の在り方を好ましいと思ったからです」

だから彼が男を貫けるよう手助けをすると決めた。

色々負い目はあるんだろう。でもこれだけは確かだと百合さんの目を見て告げる。

「それはあなたがあの子をここまで立派に育て上げたからでもあるんですよ」

「わたし、が？」

「ああ。百合さん、過去を反省するのは結構だが必要以上に負い目を抱くのは違うよ」

間違いを犯したら一生、ダメなままか？　違うだろ。

取り返しのつかねえこともあるかもしれないが全部が全部そうってわけじゃねえんだ。

「――胸を張んな、あんたの宝物はピッカピカに輝いてる」

堪え切れず、泣き出す百合さん。でもそれはネガティブなもんじゃないと思う。

俺は彼女が泣きやむまでじっと傍に寄り添い続けた。

「……すいません、お見苦しいところを」

「女の涙を見苦しいなんて言う奴ぁ、男失格ですよ」

まだ不安はあるのだろう。それでも幾分晴れやかになった顔で百合さんは言った。

「息子を、よろしくお願いします」

「ええ」

そこで真面目な話は終わったがこのまま解散とはならなかった。

こんな顔で戻れねえってことで少しばかり雑談をすることになったからだ。

「ほう、やっぱ看護師さんってのは大変なんですねえ」

「ええ。体が資本だからそこが崩れるともう、地獄です」

ふと、思った。

（夜。人けのない公園にシンママ連れ込むとか傍から見れば結構……）

いや深く考えるのはよそう。俺は都合の悪い事実からそっと目を逸らした。

柳を表舞台に戻すという話を持ちかけた際、互助会の会長も政府のお役人も当然のことながら難色を示した。そりゃそうだとは思うが俺には俺の都合がある。

『じゃー良いっすわ。俺、アメちゃんの靴舐めますんで』

俺は即、同席してもらっていた駐日米国大使の靴をその場で舐めた。

あまりの早業。傍目には気づけば俺が舐めていたようにしか見えなかったはずだ。

プライドはねえのかって？　あるが物事には優先順位ってもんがあるだろ。

プライドは決して最上位には来ねえ。必要とあらば俺は靴でも何でも舐めるよ。

俺の本気を悟ったのか会長と政府の役人は即座に手のひらを返してくれた。

大使は俺にドン引きしていた。そうはならんだろうと思いつつも俺に貸しを作れるならと同席してくれたが靴を舐められるとは思ってもいなかったらしい。

『佐藤サーン、勘弁してくださサーイ……いや真剣にね？』

ガチトーンだったわ。靴は弁償した。

流石は一国の大使だけあって身なりにはかなり気を遣っていたので結構な値段だった。

反省はしているがそれはそれこれはこれ。ちょっと自慢にも思ってる。

だって一国の大使の靴を舐めるとか普通に生きてりゃそうない経験だもん。

俺は駐日米国大使の靴を舐めたことありますけどそちらは？　みたいなね。

それはさておき柳の件で俺ができるのはここまでだ。

根回しやら何やらでまだやることは残っているがそっちは俺の仕事じゃないからな。

ちなみに柳だがホームレスの皆さんと一時とはいえ別れることを惜しんでいるらしく、

『……寂しいな』

とのことでギリギリまであの橋の下で暮らすらしい。

復帰の段取りは終わってなくても普通の生活はできるのにバッサリ断られたわ。

とりあえず緊急用の連絡手段を渡しておいたので何かあっても問題はなかろう。

ともかく俺にできることはやったので俺は気兼ねなく日常を謳歌《おうか》していた。

今日もそう。今日はデートなのだ。

「佐藤くぅううううん！　お待たせぇえええええ!!」

「ううん！　俺も今来たとこぉおおおおおお!!」

まあ相手はオッサンだけどな。

俺と社長はひとしきりはしゃぎ終えたところでスン……と冷静になり頷き合った。

「じゃ、行こうか」

「っす」

デートってのは冗談。明日の出張に持ってく物を一緒に買いに行こうってだけの話だ。

「いやしかし、毎度のことだがワクワクするね！」

「ですねえ」

社長直々に出向くような大口の商談に胸を躍らせている……わけではない。

俺と社長には共通の趣味嗜好《しこう》が幾つかあるのだがその一つが出張だった。

当然のことながら出張は旅行ではない。旅行なら俺も社長もそこまで興奮しない。

普通に「明日の旅行楽しみっすねえ」「だねえ」だけで済ますだろう。

だが出張となれば話は別だ。出張といっても始終仕事やってるわけではない。

空いた時間はある。だがそれで満足に観光できるかといえば……まあ無理だろう。

結構時間を確保できても観光メインの旅行ほど行きたいとこも行けない。

――俺たちはその不自由さが好きなのだ。

仕事という不自由の中で、ちょっとした楽しみを見出すのが良いんだよ。

感覚としちゃ授業中にコソコソ隠れてやるゲームに近いかもな。

こっちはバレたら説教アンド没収待ったなしのスリルも加わって最強に楽しいんだが。

「やっぱり最初はパンツっすよね」

「それな」

そして出張の楽しみは準備にもある。

これは想像しやすいだろう。遠足前の準備にワクワクするあれと同じだ。

俺と社長は大型ショッピングセンターの紳士服売り場に行きパンツを物色し始めた。

普通はゴムが緩くなった時とか使い古して破れてきたりした時とかが買い替え時だろう。

だが俺と社長はそれに加えて出張の時にも買い替える。

出先で風呂入って新品のパンツに穿き替えるのがまた気持ちいいんだ。

(あの感覚を何と例えようか……そう、ロボアニメだ)

主人公が窮地に新型機に乗り換えてこっから逆転が始まるぜ！　みたいな無敵感？

「ところで佐藤くんさぁ。毎度のことだが戻さないの？」

「それ言うなら俺も毎度のことですけど社長もこっちにしません？」

俺と気が合う社長だが何もかもそうってわけじゃない。

出張の度にパンツを新調するのは同じだが、パンツの種類は違う。

同じトランクス派なんだが俺はニットトランクスで社長はノーマルトランクスなのだ。

「僕ぁね。このひらひらの解放感こそがトランクスの売りだと思うんだよ」

「わかりますよ？　俺も高校卒業まではそうでしたし。でもね、ニットトランクスの良さもあるんですって」

優しい肌触りだ。ひんやりではなくふんわりな感触がどうにも心地いい。

そういう意味ではブリーフやボクサーパンツもそうなんだがあっちはピッチリしてっからな。

トランクスの懐の広さにニットの優しさが加わってみろよ……最強じゃねえか。

「いやいや」

「いやいや」

俺と社長がパンツディスカッションを繰り広げていると、

「あなたたち何やってるのよ」

「あ、ママ」

呆れ顔のママが立っていた。

「ママ聞いてよ。佐藤くんがさぁ」

「ママ聞いてよ。社長がさぁ」

「とりあえずＴＰＯを弁えなさいな社会人」

ぐうの音も出ねえ正論である。

結局今回も俺と社長のトランクス討論はノーゲームになったのでさっさと会計を済ませることにした。だが機会があれば俺たちはまたパンツバトルを繰り広げることだろう。

「ところでママ、買い出しかい？　僕と佐藤くんが荷物持ちしようか？」

「ありがと。でも良いわ。私的な買い物だしそこまで量もないから」

何でも明日から数日、旅行に行くとのことだ。

「どこ行くの？」

「福岡。昔私がお世話してた子が博多《はかた》でお店やってたんだけど近いうちに可愛がってる子に店を譲るらしいのよ」

それでお疲れ様会的なのを開くことになり、ママが呼ばれたのだとか。

「へえ……ってか奇遇だね。俺らも明日から博多なんだよ」

「あらまあ、それは確かに奇遇。もし時間に都合がつくならパーティに来ない？」

「いやいや、僕ら完全に部外者だし」

「あなたたちなら平気よ。それに蘭《らん》ちゃん……ああ、私がお世話してた子ね？　あの子も気にするタイプじゃないし。それでどうかしら？　無理にとは言わないけれど」

「ふむ……どうする佐藤くん？」

確認の体《てい》を取っているが社長の目はキラキラしている。

「そうっすね。ママが世話してた子ってんなら良い店だろうし行けるなら行きたいです」

「さっすが佐藤くん話がわかる～。ママ、日時を教えてくれるかい？」

ママが教えてくれた日時的に、問題はなさそうだ。

まあ向こうでトラブルがあれば話は変わってくるが……そん時はしゃあない。

「じゃ、参加決定ってことで。ツレが参加するって伝えておくわ」

「「よろしくお願いしゃーす！」」

二人揃って後ろに手を回し顔を上げたまま頭を下げる。

「……あなたたち良い年なのに一〇代のノリ全然抜けないわねえ」

出張の楽しみが増えたわけだ。やったぜ!!


翌日の夕刻、俺とシャッチョは博多入りした。

時間も時間だ。飯を食って明日の商談に備え英気を養うのが正しいリーマンの生き方だ。

だが俺たちは違う。飯食う前にやることがある――宿探しだ。

宿は事前に確保する。社会人としては教えられるまでもない当たり前のことだ。

しかし、俺たちは特に問題がなさそうなら現地に入ってから宿を探すことにしている。

俺と社長の数ある出張の楽しみの一つだからな。

「それじゃあ佐藤くん」

「ええ、ビジホバトルと洒落込みましょうか」

あらかじめ目をつけていたあたりでタクシーを降りて社長と別れ、歩き出す。

社長と部長。立場的には俺らなら高級な宿を取れるだろう。

平社員ならともかく役職付きの人間だからな。度を越した贅沢でもなければ許される。

だが俺と社長はそんなことはしない。いや時と場合によってはそうするがね。

が、今回はそうしなくても問題はないので安いビジホをチョイスするつもりだ。

何故にビジホ？　それも安いビジホ？

経費削減や質素倹約を心がけているわけではない。完全な趣味である。

俺と社長はビジホの空気が好きで好きでしゃあないからビジホに泊まりたいのだ。

シャレオツなビジホじゃないぞ？　可もなく不可もない微妙なとこが良い。

広くない部屋で備え付けは最低限。部屋の日当たりが悪ければ最高だ。

しみったれた空気が拭えない部屋の雰囲気に堪らなく興奮するんだよね。

しょっぱい部屋の中で有料放送見ながらコンビニで買ったカップラーメンやおにぎり、ホットスナックをビール片手にむさぼり食うのよ。

（たまんねえ……想像するだけでトキメキがとまらんわ……）

きっと社長も同じ気分でビジホ探しに勤《いそ》しんでいることだろう。

ビジホバトルとは互いが見つけたビジホをプレゼンし合ってどっちに泊まるかを決める崇高な戦いだ。ちなみに互いの戦績だが今んとこどっこいどっこい。

言うて同好の士だからな。俺が選ぶのはあっちも好きだし、あっちが選ぶのもこっちが好むものになる。だからこそ勝てたら嬉しいし、負けても楽しむことができる。

（ビジホ選びのコツは不便さだ）

駅近くの一等地にあるようなのはダメ。

そういうとこは俺たち基準でクオリティが高すぎるからな。

立地にあぐらをかいて手抜きをするようなとこもあるにはあるが……傾向的には少ない。

（外れってほどではないが微妙な場所にあるホテルは当たりが多い）

土地の利をサービスで覆さんと逆にクオリティ上げてくるとこもある。

あるにはあるがクオリティを上げるってことはそれだけ初期投資と維持に金がかかるってことでもあるからよっぽどやる気のある経営者でなければそうはしない。

大抵はそこそこどまりだ。普通の域を出ない。失敗しても傷が小さくなるようにってな。

利用者側としても長期滞在でもなければ駅に近いそこそこのノーマルビジホと駅から遠いがクオリティと値段の高いビジホなら前者を選ぶだろうし。

「お」

しばらく歩いたところで良い感じのを発見。

外観良し。塗装や修繕でも誤魔化しきれない経年劣化の具合からしてン十年は堅いな。

外見だけで全てがわかるわけじゃない。だが外見からだけでもでき得る限り情報をさらえるのができる営業マンよ。仮にも営業部のボスを務めるこの俺を舐めるなって話だ。

営業マンとして培った感覚が叫んでいる。コイツは当たりだ、と。

(受付は……二階か)

微妙に狭い階段……当たりの気配がぷんぷんしますねえ。

高まる期待と共に二階へ上ると、

(……受付がくたびれたオッサン!!)

しかも接客態度がなってねえ！　チラっとこっち見てすぐ新聞に視線戻しやがった！

それに〝アレ〟は……あそこも……ふ、ふふふ……これはこれは……！

「シングル二つ、空いてますかね？」

「ああ、はいはい。大丈夫ですよ」

最低限の情報を幾つか聞くだけ聞いて即、ホテルを出る。

ちょっとどうなのって感じだがあっちも接客態度良くないし問題はなかろうて。

俺はホテル近くの自販機でコーヒーを買うと、プライベート用のスマホを取り出しプレゼン資料の作成にかかった。

(一発目からこれは！　ってのに出会えるとは……ふふ、運が良い)

これは吉兆と見たね。今回の出張は〝大成功〟と見た。

商談も下手打たなきゃ普通にまとまるだろうってのが俺と社長の見立てだが、それ以上の成果が得られるはずだ。だって今感じてるもん、風を。

（背中から吹き付ける追い風に乗ってどこまでも飛べそうだぁ……）

そうこうしていると俺の私用スマホにメールの通知が。

確認してみると……社長だ。どうやらあっちも既に見つけていたらしい。

ざっと目を通す。当たりだ、これも。だが確信がある。今回は俺の勝ちだ。

プレゼン資料には敢えて載せてないセールスポイントもあるんだろう。隠し玉としてな。

だがそれは俺も同じこと。トークで使う隠し玉は絶対、俺のが上だろう。

（にしても……社長まで短時間で当たりを引くとは……）

大成功どころの話じゃねえなこれ？　入ったな確変。やっべえぞこれは。

資料をまとめ終えた俺は即座に社長の私用スマホに送信。

五分ほどすると社用スマホに着信アリ。社長だ。

〈資料には目を通させてもらったよ。……やるじゃあないか〉

「恐縮です。そちらもええ、中々のものかと」

〈時間的にお互い初手だろう？　初手でこれほどとは……佐藤くぅん、これ今回の商談やべえことになるね！〉

「同感です」

〈仕事の話はさておき、本番だ。バトルを始めようじゃあないか。まずは僕からだ。良いかい？このホテルは――〉

社長の言葉を遮り、告げる。

「無駄に時間を使う必要はないでしょう」

〈……ほう？〉

「受付付近に売店がありました。〝独立した店員がいないタイプの売店〟です」

〈何……だと……？〉

「雑なスチールラックに雑に商品を並べただけの売店と呼ぶのもおこがましいスタイル。店員は受付が兼任なんでしょう」

電話越しで社長が息を呑んだ。畳みかけるようにラインナップについて語る。

「ド定番のカップラーメン三種にカップ焼きそばとカップうどんと蕎麦《そば》が一つずつ」

〈そ、それは……〉

「そしてスナック菓子数種。これまた昔っからのド定番で味もうすしおとコンソメだけ」

〈何て、やる気のない……だ、だがこちらには古き良き有料放送が……!!〉

「こっちもありますよ」

最近はないとこもあるよね。有料放送（エロ）。

「終わらせましょう。受付のあるフロアの隅にですね。そっと置かれてたんですよ」

〈な、何が？〉

「フリーペーパー……〝地元の風俗情報〟が載ったフリーペーパーですよ」

「────」

おめえ、ラブホじゃねえんだぞ。

色々緩い時代ならともかく今も……申し訳程度に隅に置いてっけど意味ねえかんな。

〈……どうやら僕の負けらしい。すぐにそっちへ向かう。夕飯は僕が奢るよ〉

「ゴチんなります」

今回のビジホバトルは俺の勝利に終わった。


商店街の喫煙所。

「いやー……大勝利だったねえ」

「はー……大勝利でしたねえ」

商談を終えて一息入れてるわけだが……いやぁ、ビックリするぐらい上手くいった。

朝、社長と一緒に相手方の会社へ行ったんだがもう、進む進む。トントン拍子とはこのことかってぐらいテンポ良くで話が進んであっちゅー間に話がまとまった。

想定以上の成果で、あちらにとってもこちらにとっても有益な話ができたと思う。

────が、俺たちの幸運ブーストは止まらない。

良い時間になってきたしと昼飯に誘われたのね。

メディアとかで取り上げられたわけじゃないが、地元民オススメの隠れた名店。

楽しみだなぁとキャッキャしながらそのお店に行ったら、あちらさんと付き合いのある会社の社長さん含むお偉いさんとバッタリ。流れで一緒に飯食うかってことになったの。

したらもう、盛り上がること盛り上がること。めっちゃ話が合うんだわ。

互いに企業人。どちらからともなく商談を切り出して……はい、良い関係を結べました。

九州でも結構勢いのあるとこで関東進出の足がかりを探してたそうな。

「タイミング良すぎるよね」

「俺ら、天に愛されちゃってますよこれ」

社長と一緒ってのがまた良かった。

俺だけじゃ決めかねるとこもあったが社長が一緒なら何の問題もない。

スムーズに話が進んで……それがまた気持ち良いの何のって。

まだまだ話さなきゃいけないことはあるが、あとはもう消化試合みたいなもんだ。

「幸運の女神がいるならこれ話もそこそこにホテルへ直行してるレベルですよね」

「休憩どころか宿泊レベルだよ」

〝持ってる男〟なんだなあ、俺も社長も。

「それはそうとこれからどうします？」

「そうだねえ。約束の時間まで結構あるからなあ」

ママの知り合いのお疲れ会は今日の夜だが今現在の時刻は三時を少し過ぎた頃。

予定では夕方ぐらいまでは仕事のはずだったんだが……あまりにも上手くいきすぎた。

「早めに夕飯食べて、そこからホテルで良い時間になるまでゴロゴロしよっか」

「観光って気分でもないですしね」

気分自体は良いんだが上手くいきすぎた弊害だろうな。軽く賢者入ってる。

「何食べよっか」

「昼は蕎麦《そば》でしたからねえ。こってりしたもんでも食べましょうや」

「……ラーメン？」

「確かに名物ですけどぉ」

昼も夜も麺類ってどうなのよっていうね。

確かにパンチの利いた豚骨ラーメンにチャーハンも頼めば欲は満たされるかもだが……。

「あ、じゃあもつ鍋。もつ鍋なんてどうよ？」

「もつ鍋！　良いですね～おぉぅ、酒が進む進む」

「いや飲まないよ？」

「んな⁉」

「敢えて我慢する。そうすることで夜、更に美味い酒が飲めるから」

「！」

「ママの薫陶を受けたヒトだ。素晴らしい店なんだろう。楽しみたいじゃあないか」

「……己が浅薄を恥じる次第です」

これが、社長……言われてみれば確かにその通り。

しかし、言われなければそこに気づけないという時点で彼我《ひが》の〝格〟は明確だ。

俺は欲に目を曇らせ見るべきものが見えていなかった。

「一生ついていきますよ、社長」

「よせやい照れる」

そうして俺たちはもつ鍋屋を求め、歩き出した。

連絡先を交換した取引先の人らに聞けば美味い店を教えてくれるだろう。

だが俺も社長も聞くつもりはなかった。何故って？　確信があったからだ。

今の俺たちは無敵だ。勝とうとすら思わずに勝ってしまう。

そしてそれは正しかった。ふと目についたもつ鍋屋に入ったのだがうめえの何のって。

酒を欲する心を無理やり縛り付けながらハフハフもつを食べましたとも。

腹が満たされた幸福と、酒が飲めない不満。背反する思いを抱えたままビジホに戻った。

戻る前にコンビニでアイスを買っちゃった。シャワー浴びた後で食べるんだ。

「ふぅー……さっぱりした」

ビジホに戻ると即シャワー。風呂上がりは当然、パンイチ。

家でのパンイチとビジホでのパンイチ。同じパンイチなのに解放感が違うよね。

自宅という自分のテリトリーでやるからそこまで解き放たれた感がないんだと思う。

「あ、忘れてた」

ベッドに寝転がりお高いアイスを食べていて気づく。

そういや千佳さんらにお土産のリクエスト聞いてねえなって。

とりあえずは西園寺親子（言い忘れてたが苗字は戻した）のリクから聞くべ。

「お土産何が良い？　梨華ちゃんにも聞いておいてください……っと」

メッセージを打ち込んでスマホを置く。

よっしゃ、有料放送でも見るかと思った正にその時だ。スマホに着信アリ。

「ひえっ」

千佳さんからだ。

別にどうってことはないのかもだがタイミングが絶妙すぎて軽くビビった。

「もしもし、俺だけど」

〈千佳だよ。今、大丈夫？〉

「ああ。どしたん？」

〈えへへ、ちょっとヒロくんの声が聴きたくなって〉

きゃわわわ……！

「そっか。ってか仕事中じゃ？」

〈大丈夫だよ。休憩がてらコーヒー飲んでたところだから〉

「へえ、ちなみに俺はホテルでアイス食べてる」

〈……え、休憩中とかじゃなくて？〉

「話がトントン拍子で進んでね。今日は早く終わってね。夜まで暇してたのよ」

〈それはそれはおめでとうございます〉

「ありがとうございます。それでお土産は何が良い？」

〈えっと、福岡だっけ？〉

「うん」

〈博多ラーメンと明太子《めんたいこ》……とか？〉

　お約束だなぁと笑うと、

〈むぅ……いやでも、福岡っていったらそうじゃない〉

「はは、そうだね。ＯＫ、千佳さんにはそれに加えて何かこっちのお酒買ってくよ」

〈ありがと。梨華は……まあ聞くには聞くけど、多分変な物をお願いすると思う〉

「変な物？」

〈あの子ちょっと変わってるところがあるのよ。定番のお土産とかより何でこれ選んだの？みたいなのが好きなの〉

　そしてそれを見てゲラゲラ笑っているのだとか。

　ちょっとわかるかも。ネタ系の土産は滑ったら虚無だけどツボったらめっちゃ面白いし。

　それから千佳さんとは三〇分ぐらい話をして電話を終えた。

その後は何をするでもなくダラダラ時間を浪費し、約束の時間がやってきた。

待ち合わせ場所でママと合流し、ママの案内で件のお店に。

ママんとこが春爛漫だからだろう。その店の名前は〝夏真っ盛り〟だった。

「蘭ちゃ～ん来たわよ～」

そう声をかけると奥から蘭ママと思われる人がやって……うん？

「ママ！　久しぶりぃ！　今日はありがとね～」

「水臭いこと言わないの。私と蘭ちゃんの仲じゃないの」

イチャつく乙女♂二人。

あれは……いやでも、そんなまさか……だって……何かの間違い……。

「あ、そうだ。紹介するわね。こちら、うちの常連さん」

「あらぁ！　どうも蘭子《らんこ》ですぅ。今日は本当……に……」

愛想の良い笑顔が凍り付いていく。

その視線の先にいるのは……俺だ。

「……あなた、佐藤英雄……？」

「……き、鬼咲……乱丸《らんまる》か……？」

それはかつての宿敵との再会。俺はリーマンで奴はオネエだった。

（ど、どうなってやがる⁉）

混沌の軍勢の長《おさ》、柳が智慧《ちえ》と力の男なら、真世界の長である鬼咲は運と力の男と言えよう。

テ？

力とカリスマ、共通点もあるが二人の強みは異なる。

柳は切れ味鋭い頭脳をもって混沌の軍勢を裏社会の一大組織に押し上げた。

こちらはある意味でわかりやすい。筋道立った成り上がりだからな。

一方の鬼咲は幾つもの小さな偶然、些細《ささい》な幸運を積み上げた結果の成り上がり。

柳のように理屈が背骨にあるなら同じく智慧者をぶつけて邪魔もできるだろう。

だが運、こればっかりはどうしようもない。何せ本人も意図してないんだから。

『私を怪物だの魔人だのと言う者がいるが私からすればあの男の方が余程だよ』

全盛期の柳をしてそう言わしめるほど鬼咲は厄介な手合いだ。

俺自身、かつては幾度も煮え湯を飲まされたので柳の発言には敵ながら同意したもんだ。

最終的に俺が勝利したとはいえ本当に厄介な敵だった。

そんな厄介な敵が……。

(何で、オネエ……ッッ‼)

あのさぁ、いい加減にしろよマジで。

かつての宿敵二人がよぉ！　片やホームレス！　片や乙女♂バーのママ！

どうリアクションしろってんだ⁉　素人相手に求める難易度じゃねえだろ……‼

「ヒデちゃん？　それに蘭ちゃんも。あなたたち――」

ママの言葉でハッと我に返る。

思うところは多々あるが……今は〝そうじゃない〟だろ！

「ああうん、ちょっとした知り合いさ。ま、気にしないでよ」

「そうね。そうするわ」

さらりと流すとママは店の従業員たちと談笑を始めた。

「あなた……」

鬼咲が目を丸くしている。

「俺やテメェが取り繕ったところでママの目は誤魔化せねえだろ？」

「……そうね」

「そしてお互い、ママに気を遣わせたくない」

「……ええ」

「だからこうさせてもらった。文句あるか？」

「……ないわ。お礼を言わせて頂戴な」

俺がやったのは認識の歪曲《わいきょく》だ。

俺と鬼咲についての認識を〝そういうもの〟と受け流せるようねじ曲げた。

今この場で奴と殴り合いを始めてもママを含めて他の人間は何も思わないだろう。

あまりよろしい手ではないが良い具合に温まってるこの場の空気を壊したくなかった。

「……諸々の話はこの宴席の後だ」

「ええ」

クッソ……やっぱ違和感半端ねえなこのオネエ口調！

かつての姿がチラついてモヤモヤ感半端ねぇ!!

(飲まなきゃやってられんて……いやマジで)

それから深夜まで宴は続いた。

上機嫌の社長と一緒にビジホに戻った俺は自分の部屋には戻らずホテルの屋上へ。

普通に立ち入り禁止で施錠もされているのだが俺には無意味だ。

「ふぃー……」

酔い覚ましに買ったカップみそ汁を啜りながらぼんやり考える。

鬼咲乱丸。柳誠一と並ぶ俺のかつての宿敵。

最終的にはどちらにも勝利したが当時の俺にとってはどちらも生半可な敵ではなかった。

(……柳にこのこと教えたらどんなリアクションするだろうな)

柳にとって俺は無視できない敵だったかもしれないが一番の敵ではなかった。

奴にとって宿敵とか言えるような相手が誰かと言えばそれは鬼咲だろう。

鬼咲に聞いても一番の敵は柳だと答えると思う。

柳誠一と鬼咲乱丸。二人はどこまでも対照的な人間だった。

柳は混沌の果てに新たな地平を望んでいたがその本質は実に紳士然としている。

鬼咲は秩序をもって絶対の安定を望んだがその本質は飾らず言えばチンピラだ。

(お前ら逆じゃね?　と何度思ったことか)

何でそんなチンピラが絶対の秩序を求めたのか。

事情を知らない人間からすれば意味がわからないだろう。だがちゃんと理由はある。

何故奴が絶対の秩序で世界と人を縛ろうとしたのか……根っこの部分にあるのは自戒だ。

鬼咲乱丸も元は表の人間で不運に巻き込まれ裏へと足を踏み入れたクチだ。

ただ奴を保護した連中がよろしくなかった。

表から裏に来る人間が全て互助会に保護されるというわけではない。

裏には幾つも勢力がある。そいつらからすれば元パンピーは戦力強化にゃ打ってつけ。

鬼咲を保護したのはわかりやすいヒャッハーな中小勢力で奴も最初は好き勝手やっていた。

後に一大勢力の長になる男だ。その素養はそんじょそこらの雑魚とはモノが違う。

ぐんぐん頭角を現していったそうだ。だが、奴はある時気づいた。

自分や周囲の人間を見て思ったのだ。


――――こんなんを野放しにしてたらやばくねえか？


とな。

そこでヒャッハー連中だけを標的にするなら良かったんだが……わかるだろ？

以前も述べたがデカイことやるにはプラスであれマイナスであれ強い情熱が必要だと。

鬼咲もそう。奴は人類全てを危険視したのだ。

自分や他のヒャッハーは決して特別ではない。一皮剝けば皆、ヒャッハーだと。

人の歴史は解放の歴史。時代が進めば進むほど人は解き放たれていった。
……このまま放置すれば取り返しのつかないことになるのでは？
鬼咲はそんな危惧を抱いたのだ。
じゃあその危惧を現実のものとしないために何ができるだろう？
奴が求めたのは絶対の秩序。ガッチガチに縛り付けることで人の未来を守ろうとした。
根っこの部分がチンピラってても善性《ぜんせい》寄りのチンピラだったわけだ。
そこで奴は人類の未来を守るという題目を掲げて真世界を立ち上げたわけだが……。
（余計なお世話極まりねえ……）
柳もそうだけどさぁ。
このままじゃ人類はダメになる？　あの、それあなた個人の感想ですよね？
巻き込まれる側からすれば堪ったもんじゃねえよマジで。
ちなみにその手の反論は幾度もやったが……まあ聞いてくれなかったよね。
一〇代のガキの言葉で自分の意見を翻すような奴が世界を変えるとか言い出さねえよ。
その頑なさが……人を惹《ひ》き付ける要素でもあるんだろうなぁ。
（……しかし奴は何を考えてんだか）
お疲れ会の様子を見る限りでは……危うい何かは感じなかった。
かつての思想を掲げて再起を狙っているとかそういうのではない、と思う。
だが何か腹に抱えてるのは確かだ。

今回お疲れ会が開かれたのは奴が面倒を見ていた子に店を譲り渡すからだ。

じゃあ、譲り渡した後は？　ママもその辺について聞いていた。

『蘭ちゃんはこの後、どこかに新しい店を出すの？』

と。奴はふるふると首を横に振りこう言った。

『ちょっとやり残したことがあるのよ』

柳を許した以上、鬼咲についても迷惑をかけないなら好きにやれば良いと思ってる。

だがそれは奴の言うやり残しについて話を聞いてからじゃないと。過去が過去だからな。

「……来たか」

振り向くと同時に鬼咲は音もなく屋上へ降り立った。

真剣な面持ちだが……。

（女装のせいで気が抜ける……‼）

せめて今ぐらいは男のカッコで良かったんじゃねぇかなぁ⁉

「待たせちゃったかしら？　ごめんなさいね。片付けが長引いちゃって」

「いや……」

何だこのやり取り？

やっぱ正反対だな。柳は俺と再会した時、平静を装ってはいたが気まずそうだった。

対してこっちは旧知の人間に会ったような気軽さだ。いや旧《ふる》い知り合いではあるが……。

「にしてもあなた……老けたわねぇ」

頬に手を当て、呆れたように呟く。しなを作るな。

「それに体もまあ、随分とだらしなくなっちゃって」

うるせえよ。

「昔のあなた、結構なお洒落さんだったけどあの頃の服、もう入らないでしょそれ」

「そうだな！　その通りだよ！」

昔の荷物整理してる時とかに当時買った服見つけてスラックス穿こうとしたけど無理だったよ。

腹回りが苦しくて仕方ねえ！　無理やり押し通そうとしたらボタン弾け飛んだわ!!

いやそうじゃない。このまま奴に会話のペースを渡すのは良くねえ。

俺は深々と溜息をつき、軽く力を開放する。

「テメェ、自分の立場わかってんのか？」

軽くといっても俺基準で当時の奴を簡単に殺せるぐらいの力だ。

鬼咲は当時よりも弱くなっている。が、奴は俺の圧には小揺るぎもしていない。

「わかってるわ。今のあたしは無様に命乞いをする立場だもの」

そう言って奴は跪《ひざまず》き、両手と額を地につけ頭を下げた。

あまりにも見事な土下座に俺はポカンと呆気に取られてしまうが、構わず奴は続ける。

「あなたがあたしに思うところがあるのは百も承知。殺しても殺し足りない怨敵《おんてき》だもの」

「……」

「でも、それでもお願いします。どうか、どうか今少しだけ……見逃してください」

「……」

「あたしには、やらなければいけないことがあるんです」

……若い頃の俺なら「そうか、だが死ね」で首を刎《は》ねていただろう。

だがまあ、曲がりなりにも年を食って色々なことを学んだ今だからわかってしまう。

コイツは今、どこまでも真摯に一時の許しを乞うている。それは命惜しさからではない。

「……即答はしかねるな。テメェを殺すかどうかは話を聞いた上で判断する」

頭を上げろと言って奴を立たせる。

ゲザったままじゃ落ち着いて話もできねえからな。

「わかったわ。何から話せば良い？」

「まず第一に、何で生きてる？」

柳は屈辱を与えるために敢えて見逃した。鬼咲もそうだったが柳とは少し違う。

だがコイツにも屈辱を与えてやりたかったので直接、トドメを刺すことはしなかった。

コイツのしぶとさはよく知っていたので致命傷は与えておいた。回復手段も奪った。

その上で放置した。火事場泥棒的に奴の存在を快く思わん誰かが殺るだろうと。

最後の戦いでは運にも見放されていた節があったし、正直死んだと思っていた。

実際に後々、それっぽい話を聞いたしな。

死体は見つからなかったが状況的に肉片一つ残らず消し飛んでいても不思議じゃなかったから死んだものだと……。

（鬼咲は強いは強いが搦《から》め手は苦手だったからな）

柳のような頭脳もねえ。運に見放され、力もロクに振るえなくなれば詰みだろう。

「そうね。あたしも死んだと思ったわ」

「なら……」

「ただ幾つかの偶然が絡み合って、命からがら窮地を脱することができたの」

うっそだろお前……。

「あの時、力のぶつかり合いによって空間が歪みそこに飲み込まれたの」

「いやだが」

「ええ、あなたに致命傷を負わされていたし追手との戦いで更に消耗したわ」

その命は風前の灯火《ともしび》だったはず。そこから一体どうやって生き残ったというのか。

「飛ばされた先で一緒に飛ばされた部下の子に助けられたのよ」

「部下？」

解せない。何とかできそうな幹部連中は俺が事前に皆殺しにしていたはずだ。

鬼咲との最後の戦いに臨むにあたって俺は逃げ道を幾つも潰していた。

幹部の皆殺しもその一環だ。転移や治癒に長けた連中は念入りに磨《す》り潰したはず。

訝《いぶか》しむ俺に鬼咲は言う。

「そうね。実際、あの時傍にいたのは部下といってもお世話係みたいな子だったし」

裏の人間ではあるが雑魚も雑魚。

「追手からあたしを守ろうと戦いに割って入ってきてくれたけど」

むしろ鬼咲自身がその部下を守るよう立ち回っていたという。

「でも土壇場で力に目覚めたのよ」

「ありかよそれぇ!?　そんなん予想できるわけねえだろ!!」

雑魚の覚醒まで織り込んで策を練るとかキリがねえじゃん！

「あの子が死を肩代わりしてあたしは生き延びることができた」

とはいえ俺に負けて理想を阻まれた挙句守るべき部下を守れなかった事実は消えない。

「あたしは完全にへし折れたわ。そこで、ママに出会ったの」

知人が大病を患い鬼咲が飛ばされたとこで代理ママをしていた彼女に拾われたとのこと。

まあそうね。ママなら心身共にズタボロの奴を見捨てはせんだろう。

「ママの優しさに触れて幾らか立ち直ったあたしは恩返しがてらボーイをやってたの」

しかし次第にこういう生き方もありなのかなと思いオネエにジョブチェンジしたらしい。

掲げていた大義もママや色んな人と触れ合ううちに間違っていたと悟ったのだとか。

「佐藤英雄。あなたは言ったわね」

「あん？」

「私の夢を『お前の個人的な感想だろ。決めつけんじゃねー』って」

「ああ。言ったな」

「その通りだわ。秩序で雁字《がんじ》搦めにしなくてもママのような素晴らしい人間はいる」

そしてその逆も然りだと鬼咲は苦笑する。

「どれだけ強く縛り付けようとそれに反発して悪を掲げる人間だってきっと出てくる」

それをママとの暮らしの中で鬼咲は悟ったのだと言う。

「結局のところ、夢を見つける前のあたしが無法に溺れていたのはあたし自身の問題よ。人類なんて主語を大きくするまでもない……それは責任逃れの言い訳でしかないわ」

……ママは偉大だな。

変な方向に突っ走ってた馬鹿にしなやかな生き方、考え方を生きざまをもって示してみせたんだから――――ママ主人公説、あると思います。

「それからママと一緒に楽しくやってたんだけど最初に代理って言ったでしょ？」

「ああ」

「結局、復帰は難しいってことで店を閉めることになったのよ」

「そりゃまた……」

「ママから一緒に東京へ来ないかって誘われたんだけど……断ったわ」

正しい判断だ。東京にゃ鬼咲に恨みを持つ奴はごまんといるからな。

「そしたら福岡で知り合いがやってるって店を紹介されてそこで働き始めたの」

やがて独立し、店を持ち幸せな日々を過ごしていたと奴は笑う。

「でもね、ふと立ち止まって過去《うしろ》を振り返った時に思ったのよ」

「何を？」

「まだあたしが掲げた夢に囚《とら》われてる子がいるんじゃないかって」

「……」

「そしたらもう、このままではいられないって思ったわ」

ぎゅっと拳を握りしめながら鬼咲は言う。

「だってあたしが始めたことだもの。あたしの手で終わらせないと」

言葉で諭し、どうしても無理ならこの手で……。

「あの日生き延びたこの命に意味があるとすれば……きっとそのため」

「だから今しばらくの猶予をくれってか」

「ええ。言えた義理ではないけれど、お願いします」

再度、頭を下げる。

「……まあテメェの懸念は間違っちゃいねえよ」

「！　もしかして……」

「ああ。混沌の軍勢と真世界の残党が組んでやらかそうとしてたのを少し前に防いだ」

「ッ」

「つっても首謀者らしき二人を捕らえただけで再起を狙ってる奴はまだいるだろう」

「……尚更、死ねないじゃない。お願い、あたしにできることなら何でもする。だから」

「良いぜ」

「え」

虚を突かれポカンとする鬼咲に言ってやる。

「条件を呑むなら生かしてやる」

「……何をすれば良いの？」

「俺の下で動け。連中をどうにかしたいのは俺も同じだがテメェを野放しにはできねぇ」

だから俺の下につけ。命令には絶対服従。それが呑めるなら生かしてやる。

俺が提示した条件に鬼咲は、

「呑むわ」

「即答かよ」

「今のあなたなら信じられそうだもの」

「ほう？」

「昔のあなたなら問答無用で殺していたでしょ？」

まあはい、屑が手前の都合でくっちゃべってんじゃねえよって感じだったと思う。

「でもそうしなかった。真摯に話を聞いてくれた」

それに、と鬼咲は笑う。

「あの子の……西園寺千景のためなんでしょう？　大切な人のためなら恨み辛みを飲み込めるほどイイ男になった今のあなたに従うことに否はないわ」

「……そうかい。なら契約成立だ。馬車馬のように働けよ」

すっかり冷めた味噌《みそ》汁を一気に飲み干す。

何というか、マジで人生何が起きるかわかんねえなぁ。

「それで、具体的にどうすれば良いかしら？」

「柳の野郎と一緒に動いてもらう」

「………あの男も、生きてたの？」

「ああ。アイツなりに答えを見つけたみてえでな。今はもう無害だよ」

「そう」

「表舞台に戻れるよう手配すっからそれまでは待機ってことで」

「了解」

……しかしあれだな。

残党連中はかつてのボスがこうなってるの見てどう思うんだろ。

「ところで」

「あん？」

「柳は、今どうしてるの？」

「ああ……ホームレス」

「ホームレス!?」

「命からがら生き延びた後はホームレスになって身を潜めてたんだよ」

そこで人の優しさに触れて改心したのだと言ってやると、

「あの男が……そう、ホームレスに……人生、何が起きるかわからないわねえ」

いやお前も大概だからな？


「あー……もう、夜か……」

出張を終え帰宅した俺は一日丸ごと休みをもらったので酒を飲んで惰眠を貪ることにした。

今しがた目が覚めたので時計を確認すると時刻は七時半。

約束の時間までには起きることができたらしい。

セットしていたアラームを解除し風呂場へ。シャワーを浴びて汗を流し身を清める。

さっぱりしたところで家に帰る前に買った菓子パンを食べて軽く腹を満たす。

もっしゃもっしゃ菓子パンを食べながらテレビを見ているとインターホンが鳴った。

「やあ千佳さん」

「こんばんは。寝起きかな？」

「ああ、ちょっと前まで爆睡してた」

「出張お疲れ様」

「あんがと。さ、入って入って」

千佳さんを家の中に招き入れる。

……思えばプロのお姉さん方以外の女性を家に入れるのは初めてだな。

実家では同級生の女の子が遊びに来たりはあったが社会人になってからはそれもないし。

「へぇ〜……意外、って言ったら失礼かもだけど片付いてるね」

物珍しそうにキョロキョロと部屋の中を見渡す千佳さん。

まあ確かに俺の性格的に散らかってても不思議じゃないってのはわかる。

実際、一人暮らし始めた頃はゴチャついてたしな。

じゃあ何で片付けをする習慣がついたかっつーと……へへ、家にね？　呼ぶじゃん？　プロの人を。流石に汚い部屋に入れるのは申し訳ないかなって。

(じゃあホテルに呼べよって話だが、俺は自宅派なんだ)

自宅という完全な日常。

その中に一時の非日常が混ざる感が好きなのだ。

まあ馬鹿正直にそんなことを千佳さんには言えないけどな。

「俺だっていつまでもガキのままじゃねえんだ。こんぐらいの成長はしてるさ」

「ふぅん？」

どこかしらーっとした視線だ。

嘘をついてるのは見抜かれてるがどんな嘘をついてるかまではわからないってとこか。

「ま、テキトーに座ってよ」

「うん」

千佳さんを座らせ、茶を用意する。

つっても一から淹《い》れるとかじゃなくペットボトルからコップに茶ぁ注ぐだけだがな。

（…………しかし何だ。やっぱ緊張するな）

キッチンからリビングをチラっと見やる。

自分の家に千佳さんがいる。その事実にドキドキが止まらん。

上機嫌な彼女の横顔を見ていると……こう、道を踏み外してしまいそうになる……。

い、いやもう道義上の問題はないんだけどさ。

ただ千佳さんは特別な人で、だからこそ俺も結構拗らせちゃってて……。

「どうぞ。やけにご機嫌だね」

「ありがと。うん、何か落ち着くなって」

「落ち着く？」

「だってここヒロくんが生活してる場所でしょ？　だからかな。ヒロくんのにおいに包まれてるみたいで……えへへ」

「え、加齢臭⁉　やっぱ加齢臭漂ってる感じ⁉」

興奮が一気に鎮火した。

におい……目ぇ逸らしてたが頭髪に続いて気になってる部分だ。

「いや違うんだ。俺もね、念入りにケアはしてるのよ？」

風呂入る時もさ。耳の裏とか危ないところは丁寧に洗ってるんだ。

「でも……消えてくれねえんだ！　枕からァ‼」

オッサンみてえなにおいがさぁ！　消えないのォ！

ガキの頃に嗅いだとっちゃまの枕からしてたにおいがどうして……何故、俺の枕から⁉

さめざめと泣く。今、俺は深く傷ついていた。

「……そうくるかぁ」

え……あ、そういうあれか。

千佳さんの地蔵みたいな顔を見てズレていたことに気づく。

これは遠回しなアピールだったようだ。

ラブコメの鈍感主人公みてえなすれ違いだがこれは俺、悪くないだろ。

においというオッサンが気にし始めるデリケートなところに踏み込んだ千佳さんが悪い。

まあそれはそれとしてアピールに気づきはしたがスルーしよう。

「あのさ、俺が相手だからって気を遣わないで正直に言ってほしいんだけど」

「いや大丈夫大丈夫。特にそういうのはないから。ね？」

「ホント？　嘘じゃない？」

「……ホントだし、そこまで気にすることかな？」

「オッサンにとっては死活問題なんだよ」

多分、ここを気にしなくなった時……老いに歯止めが利かなくなる。

「さ、坂道を転げ落ちるように……ッッ」

恐怖に身を震わせる俺……何だこの時間？

アホやってる場合じゃねえだろ。千佳さんを誘った目的を果たさにゃ。

いや誘ったつっても俺は普通に千佳さん家《ち》に行くつもりだったんだがね。

千佳さんがヒロくんの家に行きたいっつーから受け入れただけだし。

「まあ悲しい問題はさておくとしてだ。これ、お土産ね」

デン、とテーブルに大きめの紙袋を三つ置く。

「……買い込んだねえ」

「仕事がバチクソ上手くいったからね。財布の紐《ひも》も緩む緩む」

それはそれとしてだ。

「このピエロのシールが貼ってるのが梨華ちゃん用ね。リク通り変なの買ってある」

んで残り二つが千佳さんってよりは西園寺家用だな。

千佳さんの場合は特に、変わったの要求されんかったから。

「ありがとう。じゃ、これお返し」

そう言って千佳さんは虚空からデン！　とそれを取り出した。

これは……ビールか。それも外国の。イギリス、ドイツ、アメリカ……色々あんな。

「友達がビールフェスに行ったみたいでね。もらったんだけど折角ならヒロくんと一緒に飲みたいなって」

「……へへ、嬉しいお返しだ。よっしゃ、早速あけようじゃないの」

「そうこなくっちゃ」

常温で飲むのが美味いのも幾つかあるし冷えたの欲しけりゃ異能で冷やせば良いからな。

美味いビールを飲むための術は幾つか開発してあるので何の心配も要らん。

「そういやさ前に、もしも鬼咲が生きてたら大喜利やったじゃん？」

「やったねえ。あ、これ美味しい」

「あれ答えわかったよ」

「はい？」

「アイツ、オネエになってた」

「……」

「福岡の乙女⚥バーでママやってたよ」

「……？」

「いや大丈夫だから。熱とかないから」

身を乗り出して右手を俺の額に、左手を自分の額に当てる千佳さん。

まあわかる。そういうリアクションもわかるよ。でも事実なんだよなぁ……。

ってか胸。見えてる。露骨な色仕掛けも……千佳さん相手だと興奮するけどさ。

こういう意図しないエロは更に効くな。止めどなくムラムラが……ッ!!

ブラチラたまんねえ!!　という心の叫びを押し殺し、俺はスマホを見せてやる。

「はいこれ証拠」

スマホの画面に映っているのは鬼咲の写真だ。

千佳さんは穴があくぐらいの勢いでスマホをガン見している。

「こ、これは……確かに面影が……いやでも……」

目の前の現実が受け入れ難いのだろう。千佳さんはコロコロと表情を変えている。

無理もねえ。かつての宿敵が生きててオネエになってるとか意味わからないもん。

「オネエになってるのもそうだけど……なんで、生きて……おかしいじゃん。あの状況で生きてるとかあり得ない……」

う、うぅ……と頭を抱える千佳さん。

当然の疑問だ。あの状況でどうやって生き延びるんだよってのはマジで意味わからん。

「ああ、実はねえ」

生き延びた経緯を話してやると、

「ありなのそれぇ⁉」

まるっきり俺と同じリアクションで笑うわ。


柳という前例があったお陰だろう。

鬼咲の生存と協力体制の取り付けについては柳の時よりはあっさりと受け入れてくれた。

ただそれはそれとして、

『何で、オネエに……そういう生き方もアリかもって……いやそういう生き方を否定するつもりはないけどお前は……』

まあ抱えてたよね、頭を。

多分千佳さん的にはエロを期待して俺ん家来た部分もあったんだろう。

だが鬼咲の件が衝撃的すぎてそういう気分が霧散したのかその後はヤケ酒キメてたよ。

結局、ぐでんぐでんになるまで飲んだので俺が転移で送ったからね。

当然、送り狼《おおかみ》にはならなかった。そりゃそうだ。家には梨華ちゃんもいるんだもん。

さて鬼咲についてだ。互助会にも話を通しておいた。実にスムーズだったよ。

まあ二度目だもんな。政府の方には互助会から話を通しておいてくれるそうだ。

そっちは任せるが俺が直接、話を通しておかねばならない男がいる。

「お、ヒデさんじゃないかい」

「や。これ土産ね。教授はいるかい？」

会社終わり。俺は柳に会うべく河川敷を訪れていた。

これから一緒に動いてもらうからな。話を通さないわけにはいかんだろう。

契約があるから嫌だとは言わんだろうが、それでもかつての宿敵同士だ。

いきなり会わせるよりはまず俺から一言入れておくべきだ。

「教授かい？　またどっかブラついてるみたいでまだ帰ってきてないねぇ」

「そうか。んじゃ、ちょっとばかり待たせてもらって良いかい？」

「勿論さ。土産ももらっちまったしな」

輪の中に入れてもらい、どっこらせと腰を下ろす。

するとホームレスの一人が俺の前にカップを置いてくれた。

「うん？　これ、コーヒー……か？」

「タンポポを炒《い》って作ったコーヒーさ。中々いけるぜ。飲《や》ってみ」

「じゃ遠慮なく」

ぐいっと軽く流し込む。

コーヒーに似てはいる……しかし、独特の風味だ。

「美味いなこれ」

何なら普通のより好きかもしれん。

「へへ、気に入ってもらえて何よりだ。おかわりもあっから遠慮なく飲んでおくんな」

「いやぁ、悪いねぇ」

「何の何の。こっちも土産もらってんだからな」

「気にすんねえ。それよか、何の話してたの？」

輪の中心にはエロ本が大量に積まれている。

この光景だけ切り取れば何か変な儀式しているようにしか思えんのだが。

「性癖談義だよ」

「……ほう？」

瞬間、全身の細胞が覚醒した。なるほどなるほど性癖談義。エロトークね？

そうとなれば俺も生半可な気持ちで交ざるわけにはいかない。礼を失するというもの。

「折角来てくれたんだ。あんちゃんの性癖を聞かせておくれよ」

「ああ。俺の性癖は」

お前の性癖何よ？　言葉にすれば簡単だがあまりにも深い問いかけだ。

でっけえおっぱいが好きな男がいる。ならそいつの性癖は巨乳好きってことになるのか？

いやちげーだろ。でけえ乳だけじゃなくでけえ尻だって好きかもしれねえんだから。

性癖ってのは複合だ。これというものを挙げるのは難しい。

でも敢えて一つ挙げるべき場面が訪れたのならばその時は思い出せ。

エロ本なりＡＶなりを選ぶ際、自然と気にしてしまう要素《タグ》を挙げれば良い。

一番ってわけじゃないんだ。そうと断言するには他の性癖も捨て難いからな。

その上で俺が一つを挙げるとすれば、

「――――コスプレだ」

「おぉう、ストレートなんきたな」

「奇を衒《てら》えば良いってもんでもないだろ」

詳しく語っても？　目で問うと皆は頷いてくれた。

「勘違いしないでほしいのは俺が好きなのはあくまでコスプレってことだ」

例えばナース。ナースのコスプレをした普通の女性とリアルナースが職場の制服持ち出すの、どっちに軍配が上るかっていえばよ、俺は前者だ。

「リアルを求めてるわけじゃねえんだ」

俺が求めてんのはあくまで〝嘘〟。或いは〝夢《ファンタジー》〟。

「女教師のコスプレって言われて何思い浮かべる？　グレーの尻とか胸がパツパツスーツに丈の短いスカート、黒ストやガーター、エロい黒下着とかが鉄板だろ？　あと眼鏡」

リアル女教師でそんなんいる？　ジャージとかトレーナーにジーパンとかだったろ。

ミニスカとかガーターはコスプレという嘘の中でこそ許される要素だ。

「変にリアルに寄せたのより、ああこれコスプレなんだなってわかるチープさが好き」

「めっちゃ語るじゃん」

語るよ。語りますよそりゃ。

「最近熱いのがブルマなんだけどさ。あれも好きなのはファンタジーブルマなんだよ」

「ファンタジーブルマ」

「ケツのラインがエロくて食い込みも良い感じのエロ一〇〇パーセントのブルマが好きなんであってリアルブルマは違う」

俺が小学校の頃にゃもうブルマはなかった。

短めの半パンで、中学ぐらいにはちょい長めのパンツとかになってた気がする。

でもリアルブルマを見たことがないわけではない。親のガキの頃の写真とかでな。

運動会の写真とか結構残してるタイプなんだようちの両親は。

「リアルブルマってぶっちゃけ野暮ったいでしょ？」

「ま、まあ……そうだな。俺がガキの頃はブルマだったが別にどうとも思わんかったし」

「だろ？　じゃあリアル要素はまったく要らないのかっていえばそうでもない」

あくまでリアルありきのコスプレなのだと言いたいのだ。

「例えばナース。何でナースのコスプレをしてほしいかっていえばそりゃリアルナースにエロさを感じたからだろ？」

ナースを知らない人にナース服着た女の子だけ見せたとしよう。

伝わらないだろ。ナースを知ってる人が感じてる魅力がさあ。

「目の見えない人に空の青さをどう伝える？　それと同じさ」

「いやちげーだろ」

「急に詩的になる……」

「リアルナースで感じたエロさ！　妄想って大前提があるからこそじゃろがい!!」

だからコスプレに興奮するんじゃねえのかよ!?

更に舌を回そうとギアを上げる俺だが、ふと気配を感じ急ブレーキ。

見れば遠くから柳が歩いてきている。

「悪い、ちょっと抜けるわ。教授に話があるんでな」

「温度差半端ねえ」

ててて、と柳の下に走っていくと奴はきょとんとした顔で首を傾げた。

「何か用かね？　まだ時間はかかるはずだ。ここに来る用はないはずだが……」

「ああ。実はな、鬼咲乱丸の生存を確認したんだわ。オネエになってた」

「は？　いや待て。奴が生きて……オネエ？」

「んでまあお前と同じように改心してるみてえだから部下にすることにした」

「ちょ」

「お前と一緒に動いてもらうことになるから一応、話だけは通しておこうと思ってな」

「待て待て待て！　順序立てて話せ……っておい！　どこへ行く⁉」

「うるせえな。俺ぁ今忙しいんだ。話なら後にしてくれ」

さあ、性癖談義の続きだ。

「次は割烹《かっぽう》着のクラシカルおかんスタイルについて語らせてくれ‼」

四章　新しい日常

昨日の河川敷での性癖談義はとても実りのある時間だった。

え？　柳？　知らない。まあ上手いこと自分なりに折り合いつけんだろ。

大人なんだから気まずい奴とでも仕事上では上手くやれって話。

これがね。会社の可愛いニュービーたちなら俺も配慮すっけどさ。

元々は俺の敵で俺よりも年上なんだからそこまで配慮してやる義理はないよねっていう。

(俺が気にかけなきゃいけんのは……)

ちら、と視線をやる。

皆、デスクに張り付いて真面目に仕事をやって……いやちげえな。ぱらぱら漫画描いてる奴いる。まあ良い。ただサボってるだけならあれだが漫画家先生やってる彼は要領良く仕事をこなすタイプだ。早めに書類仕事終わったから息抜きしてんだろ。

(許容範囲だ)

営業つっても外回りだけやってれば良いってわけじゃない。書類仕事も普通にある。

こういう時間が上司である俺にとっては地味にありがたかったりする。

(部下の様子をじっくり観察できるからな)

外での様子は流石にわからんからこういうとこで気を付けるべき対象を探すのだ。

（……今年は新人、三人ともかぁ）


仕事だから真面目にやって当たり前なのだが、真面目にやりすぎてるのはちょっと怖い。

やる気がありすぎて空回りしてるとかならまだ良い。そういうのはほっとけば勝手に落ち着いて良い感じになる。だがそれ以外の理由でとなると危険信号の可能性が高い。

例えばそう、営業がダメだからせめて書類仕事ぐらいはって必要以上に気負ってたりな。

正直な話、新人がいきなり戦力になるなんて誰も思ってない。

まだ半年も経っていないんだから生温く見守って然るべきだろう。

や、流石にこれはやべえってミスとかなら叱るけどな。

話がずれたな。俺らは長い目で見てるのだが厳しい目で見てしまう奴もいる。


――他ならぬ自分自身だ。


入社したての頃は期待と不安が半々……いやちょっと期待が大きいぐらいか。

これからやってやるぞー！　ってなるがある程度慣れてくると、な。

先輩らの仕事ぶりなんかを見てて「俺この仕事向いてないんじゃ……」とか思っちゃう。

だがさっきも言ったように上はこの段階でアイツはダメだとか判断しない。独り相撲だ。

今のとこ教育係につけてる子らからそういう危うさについての報告は入っちゃいない。

だが俺が見る限り彼らはもうネガティブ独り相撲春場所を開催してるっぽい。

教育係が悪い……とは言わん。向き不向きや慣れもあるからな。

今回教育係に抜擢《ばってき》した面々はそろそろ下の子の面倒見させても良いかな？　と思い配置した。

だからこれは俺のミス。教育係の子らのケツを拭くのは俺の役目ってわけだ。

（……やるか、今年も‼）

軽く気合を入れ、終業までの数時間仕事に取り掛かった。

終業後。新人の佐伯《さえき》くん、塩崎《しおざき》くん、須藤《すどう》くんのさしすトリオを呼び出した。

「別に君らが何かしたとかじゃないからさ」

露骨に不安がってるのでカラカラと笑い飛ばす。

「ところで君ら、今日はこの後予定あるかな？」

「いえ……」

「特には」

「大丈夫ですけど」

「ならちょっと付き合ってくれないかな？　大丈夫。全部俺の奢りだから」

上司からこう言われたら断りにくいよな。

単に寂しくて若い子を飲みに付き合わせるわけじゃないので勘弁してほしい。

思った通り、乗り気ではなさそうだが承諾してくれた三人を連れ新宿の高級キャバへ。

「いらっしゃいませ。今年もお疲れ様です」

「いやいや迷惑かけるね」

軽く頭を下げるとオーナーは何の何のと笑ってくれた。

「いえいえ。売り上げという意味でも、それ以外の面でも〝コレ〟は大きく店の利益に繋がっていますので」

そう言ってくれると俺としても気が楽だ。

（本当はオーナーにこそ相手をしてほしいんだが……）

オーナーはキャストじゃねえからな。やってくれとは言えん。

確保してくれていた奥の席に行くが……さしすトリオはどうも落ち着かない。

「あ、あの……こういうとこって高いんじゃ……」

「平気平気。オジサンね、稼いでるから」

高いは高いが銀座の高級クラブってわけでもない。そういうとこは次のステップからだ。

三人を座らせ、まずはおしぼりワイパー。あー……スッキリした。

「単刀直入に聞くけどさ。君ら、営業部でやってけるかどうか不安なんじゃない？」

「「「!?」」」

ビクリと体を震わせる三人。

素直なリアクションだぁ……苦笑しつつ、彼らを宥める。

「責めてるわけじゃない。まずは俺の話を聞いてくれるか？」

「「「……はい」」」

「俺らは入社して一年も経ってねえような子が即戦力になるなんて思っちゃいないよ」

まずはしっかり言葉にしないことには始まらない。

「それは君らの能力がって話じゃなく当たり前のことなんだよ。小学校、中学校、高校、大学……わりとトントン拍子で進めてたから勘違いするかもだが学校と会社は違う」

学校は初手、小学校で躓かなければある程度勝手がわかる。

だから環境が変わる際も以前のノウハウを引き継ぎ新しい環境に上れるが、会社は違う。

まったく未知の世界だ。だから上手くいかなくて当然。

当たり前のことだがそれまで上手くやってきた子ほどそれがわからず躓いてしまう。

「君らはまだ海のものとも山のものともわかってない状態だ」

営業部に入ったけど本当の適性は別にあってそっちでは上手くいく可能性も十分ある。

「でもそういうのさえまだわかってないのが今の君らだ」

だからあまり自分を責めてやるな。このままじゃいずれ潰れてしまう。

キラキラ輝く二〇代を自分の手で台無しにする必要なんてないのだと諭す。

「でも……お、俺本当にやってけるのかなって……」

「部長の言う通り小中高大学と順風満帆で……だから社会に出てもやってけるもんだと」

「なのに全然上手くいかなくて……」

ぽろぽろと涙と共に本音がこぼれ始めた。

「辛かったんだなあ。でも大丈夫……つっても不安は不安だよな」

上司に大丈夫と言われても今の精神状態だとな。素直に受け止められない。

「だからさ。少しでも不安が軽くなるよう自信をつけさせてやるよ」

「自信、ですか?」

「おうとも。小学校の時さ。跳び箱のテストとかやったろ?」

「は、はあ」

「知らされてからテストのこと考えると上手くやれるかって不安だったろ?」

でも跳べるようにって何度も何度も練習したら少しはマシになったんじゃなかろうか。

俺も小学校の時、昼休みに友達とめっちゃ練習してたわ。

「それは……そうですけど具体的に何を……」

困惑する三人にフッと笑いかけ、

「カモォオオオン! キャバ嬢ティーチャァアアアアアアアアアアアアズ!!!」

俺の叫びに呼応してピンクちゃんを手にした女教師ルックのキャバ嬢が六人、姿を現す。

「「「「「「は〜い♪」」」」」」

佐藤英雄主催、キャバクラ教室の始まりだぜぇ!!

「「「……」」」

「おやおや、どうした君たち。先生の登場だぞ。拍手で盛り上げなきゃ」

最初に断っておくが俺は決してふざけているわけじゃない。

真面目にやってるんだと告げるが三人は困惑したままだ。

俺はやれやれと肩を竦《すく》めながら言ってやる。

「営業に必要なスキルって何よ？　べしゃり……つまりはコミュ力だろ？」

「そ、それは……そうですけど……」

「君らが自信を喪失したのは先輩についてった先での仕事ぶりを見たからじゃないか？」

「……はい」

彼ら自身、コミュ力には自信があったのだと思う。

だが先輩たちの姿を見て「あんな風に契約取れるのか？」と不安に思ってしまった。

書類仕事は明確なやり方があるから何とかなるが営業についてはな。

マニュアルもあるがそれ一辺倒でどうにかなるもんじゃない。感覚的なものが大きい。

「だからこそのキャバ嬢ティーチャーズだ」

「「？？？」」

今回集めたキャバ嬢ティーチャーズはこの店や他の系列店でトップや二番手、三番手を務める子たち――つまり喋りのプロってわけだな。っとと、この顔……わかってねえな。

「夜の蝶《ちょう》を舐めんなよ～？　エロ営業で上に行けんのは二流、三流店だけよ。一流の店でのし上がろうってんなら容姿だけじゃ無理だ。相応のトークスキルがなきゃな」

馬鹿な男をだまくらかして一晩でアホほど吐き出させる奴はいる。

だがそれは三流だ。そういう貢がせ方をすると男が逆上してやらかしかねないからな。

実際ニュースとかでもそういう事件あるだろ？　リスクがあるんだよリスクが。

冷静になった後でも良い時間だったと後悔がないよう調整するのは生半可なことではない。

「なあオイ、君らがド美人だったとしてよぉ。一晩で一〇〇万とか稼げるかい？」

「それは……」

「だがここにいる子らはそれができる。しかも金を使った方に後悔をさせずにな」

それは何故か。彼女らのコミュ力が半端ねえからに決まってんだろ。

「だから今日はめいっぱい、コミュの何たるかを勉強させてもらいな」

その間、俺は飲む。ティーチャーズが全員、ピンクちゃん持参なのはそういうことだ。

本業からズレたことさせるわけだしな。いつも以上にガンガン金を吐き出す。

「ほれ、挨拶しな！」

「「よ、よろしくお願いします!!」」

「やだ、可愛い～」

「この時期の子らって初々しくて好きだわぁ」

「元気もらえるよねえ」

「そんな緊張しなくて良いんだよ？　気楽にいこ、気楽に」

俺が意図を説明したことで新人くんたちは背筋を正したが……ぶっちゃけこれは方便だ。

夜の蝶の上澄みがパネェコミュ力の持ち主ってのはその通り。

でも話聞いたところでそれが身に付くかって話よ。少しぐらいは何か得るものもあるかもだがあくまで少しだけ。それで劇的に成長するかっていえばそんなことはねえ。

じゃあこの席に意味はないのか？　んなことはない。

（人間ってのは単純だからな）

それっぽい話をしつつ学んだ、一皮剝けたと錯覚させるよう頼んである。

ネガい方に傾いてる思考回路をポジ寄りに調整して肩の力を抜かせるのが俺の目的だ。

彼らは自分を卑下してるが入社試験に受かってる以上、一定のポテンシャルはあるんだ。

だがそれもネガティブに傾いてちゃ宝の持ち腐れ。このまま放置してどっかでミスしたら悪循環に陥ること間違いなしだ。だからそうなる前に意識を切り替える。

ポジティブ寄りの精神状態ならこの先失敗してもちゃんと省みて次に活かせるからな。

別にキャバ嬢を教師にする必要はないって？　言うてそこは男だからな。

どうせあれこれ教えられるんなら別嬪さんのが気分良いわ。女の子ならイケメンだ。

（しかし……何その格好？）

俺がキャバクラ教室を思いついたのは教育係になって初めて新人を指導した時だ。

そっからだから一〇年以上はやってるのかな？

最初とは顔触れも変わってて今のティーチャーズも三年ぐらいの付き合いだと思う。

この子ら一年目、二年目は普通にドレス着てたはずなんだがなぁ……。

何でこんなあからさまな男が妄想する女教師ルックを？　ドレスなら経費で落ちるけどそれは落ちんだろ。自費？　自費でやってんの？

「ああ、大丈夫ですよ。これ経費で落としてますから」

俺の疑問を察したのかティーチャーズの一人、アリアちゃんが答えてくれた。

「……落ちるの？」

「や、最初は私たちも自費で用意しようと思ってたんですけど」

「自費でやるつもりだったんかい」

「佐藤さんには普段からお世話になってますし、私たちも楽しんでますからね」

「そりゃ良かったが結局、何で経費に？」

「店が終わった後に呼ばれるであろう面子《メンツ》で相談してたらオーナーの耳に入りまして」

経費で落とすからと言ってくれたのだとか。

「マジかよ何考えてんだオーナー」

スーツ自体は良いもんでもキャバじゃ使わんだろ。

何？　女教師ＤＡＹとか始めるの？　……それならぜひ、事前に教えてほしい。

「それがですね。このキャバクラ教室で先生やりたい子、地味に多いんですよ」

「マジ？」

まあこの日はめっちゃ金落とすから成績に繋がりはするけど……面倒じゃね？

（あ、いや年一だからそうでもないのか）

数字を稼げるちょっと変わり種のイベントって感じなのかもな。

「はい。でも呼ばれるのはそれなりに数字出してる子だけだから」

「モチベアップに繋がってんのか」

「ええ。ポジティブに切磋琢磨《せっさたくま》する要因の一つになってるからこれぐらいはって」

「ほー……」

「あとここだけの話ですけどオーナー、女教師ものが好きなんですよ」

性癖じゃねえか。

いやだが……そうか。長いこと通ってるが初めて知ったぜ。

オーナーってばシャイなんだから……今度、改めて席を設けて語り合いたいもんだ。

「ってかそれらを差し引いても太っ腹だな。コスプレっつっても結構良いスーツだろそれ」

「太っ腹って言うなら佐藤さんも毎年毎年新人の子たちのためにかなり使ってるでしょ？」

「俺はまあ、副業で儲《もう》けてっからな」

うちは副業可なので俺は裏の収入の一部を副業で稼いだ金として申告している。

非課税で申告しなくても問題はないが俺は金遣いが荒い方だからな。

だってそうだろ？　明らかに収入に見合わない散財してたら怪しまれるじゃん。

気兼ねなく金を使うために投資で儲けた金って理由付けをしてんのよ。

政府としても余分に税金納めてくれるわけだから喜んで諸々の手続きしてくれたわ。

「だとしてもですよ。自分じゃなくて誰かのために大金を使うことを惜しまない佐藤さんのそういうところ、カッコイイです」

「嬉しいこと言ってくれるねえ。もう一本、ピンクちゃんもらおうかな？」

「ありがとうございます。でも飲みすぎなところはちょっと心配かな」

「大丈夫大丈夫。毎年、健康診断パスしてっから」

そんなこんなで数時間後。
ご覧ください、新人たちの顔を。店に入る前とは別人のようにキラキラと！
「タメになったろ？」
「「はい!!」」
善哉《よきかな》善哉。今年のキャバクラ教室も成功したようだ。
ただこれ、新社会人をキャバとかにドハマリさせてしまうリスクもあるんだよな。
最初の生徒の一人が正にそれだった。
（途中で気づいて節度を保った楽しい遊び方を教えて軌道修正したが）
ほっとけば身持ちを崩しかねなかった。
その子は今、支社で仕事してる。左遷じゃないぞ。能力を買われて管理職やってんだ。
節度とかアホみたいに金使う俺が言えたことかと思うかもだが、そこはそれ。
（あれば雑に使うがなきゃないで上手いことやれるしな）
仮に会社員としての給料だけでやってけと言われても大丈夫だ。
そりゃ物理的に買える物は減るけど不自由さもそれはそれで嫌いじゃない。
（限られた資金の中でやりくりしてってのもまた違う楽しさがあるからな）
それはさておきこの子らだ。
賢者に転職せず遊び人レベルを上げ続けてる俺の目から見て怪しいのは須藤くんだ。
（今は何か言っても水を差すことにしかならんが、これからちょいちょい目を配ろう）

気持ちを切り替え三人に笑いかける。

「よっし、んじゃこっからは純粋に楽しもう！　行くぜ二軒目!!」

「「どこまでもお供しまーっす!!」」


ある日の昼休み。外で食うと会社を抜け出した俺は裏の人間が営む喫茶店に足を運んだ。

外食の気分ではなかったのだが呼び出しを受けてしまった以上、仕方ない。

（……相手が相手だからな）

無視するのもちょいと居心地悪い。

シカトぶっこいたところで何があるってわけじゃないんだろうが心情的にな。

「ああ佐藤さん。奥の席でお待ちですよ」

「あいよ。ああそうだ、カフェオレ頼むカフェオレ」

飯食いながらでは流石に失礼だろうと飲み物だけを注文し席へ向かう。

「はじめまして、で良いのかしら？」

「っすね。いや俺もあなたのことは知ってますがね」

紫髪の妖艶な女が薄く笑みを浮かべながら俺を迎える。

片目が前髪で隠れてるのが地味にポイント高い。色気があるよね。

〝人妻〟相手なので口説くつもりは毛頭ないが……いや、事によっちゃ寡婦か。

「んで今日は俺に何の御用で？　旦那の仇《かたき》を討ちに来たのかい？　女王〝ペルセポネ〟」

「ふふ」

ペルセポネ。またはペルセポネー、ペルセフォネ。

ゼウスとデメテルの娘にしてハデスの伴侶である女神の名だ。

「何がおかしい？」

「そりゃあ笑うわよ。わざわざド直球で聞く？　そんなこと」

「気ぃ遣うべき相手にゃ俺も言葉を選ぶさ」

俺は日本人だからな。ギリシャの神々には別に世話になってないもん。

むしろ迷惑をかけられた割合の方が大きい……その厄介さん筆頭がコイツの旦那だし。

「傲岸ね」

「自慢じゃないが俺は高校の頃、ＤＱＮと呼ばれていた男だ」

いやホント自慢じゃねえな。ただの恥だわ。ってか今もか。

大人になって取り繕うことを覚えたけど根っこのとこは変わってない気がする。

まあでも今も昔も敵ぐらいにしかアレな行動はしてねえ……よな？

「どきゅ……？」

神様に日本の俗語は通じんか。そりゃそうだ。

「まあそれはさておき、まずは誤解を解いておきましょうか」

「誤解？」

「あなたへの恨みからここに呼び出したわけではないわ。むしろハデスの企てを阻止してくれたことに感謝しているぐらいよ」

「……あんたもアレと同じ考えじゃないのか？」

「彼の企てが成っていたら人間社会に深刻な混乱が巻き起こっていたわ」

「あんたはそれを望んではいない、と？」

「人間を好ましく思っていないならこんな格好しないでしょ」

ペルセポネの装いは上から下までバッチリ、ブランドで固められていることに気づく。

あまりにも自然な着こなし。それは一朝一夕で身に付くもんじゃない。

当人のセンスもあるが、ここまで堂に入ったレベルはセンスだけじゃ無理だ。

長年、そのブランドの服やら小物やらを愛用してないとな。

「なるほど確かにアレの計画通りに事が進めばブランドどころの話じゃねえからな」

今日食う物を気にしないといけないレベルになっちまう。

薄れてしまった人間の死に対する敬意、権威を取り戻す――死神としちゃ当然のことかもしれんが……だからって文明崩壊レベルで死をばらまかれたら堪ったもんじゃない。

「まあハデスに対する愛情がないかと言われればそんなこともないのだけれど」

「……マジで？」

ハデスの仇討ちに来たんじゃねえのか？

そう問いはしたが俺はそれが伴侶への愛情に起因するものだとは思っていなかった。

冥府の女王としての面子からだと……神様ってのは往々にしてプライドがたけえからな。

「あんた、ハデスを愛してたのか？」

夫婦なんだから当然じゃね？　と思うがこの夫婦の馴れ初めを知ってるとなあ。

わかり易く説明するとこんな感じだ。

ハデスくん「弟の娘に惚《ほ》れたやで。嫁にくれへんか？」
ゼウスくん「ええで」
ハデスくん「よっしゃ！　ほなら二度と実家に帰れんよう拉致ったろ！」
ゼウスくん「ええで」
デメテルママ「ざけんな殺すぞ」

ふざけてるわけじゃない。マジで大体こんな感じなのだ。

現代でこんなんやってみろ。社会問題になるわ。連日ニュースで取り上げられるわ。

いや昔でもかなりアレだわ。こんな馴れ初めで結ばれた夫婦に愛があるとか誰が思うよ。

「人の尺度で神を測るのは傲慢ではなくって？」

「そう言われてもな……あんたが不満たらたらな逸話も残ってるし」

「まあ長いこと夫婦をやっていれば色々あるのよ色々」

「しかし愛があるのなら尚更……いやまだ奴が完全に消滅したかどうかはわからんが」

俺の言葉にペルセポネは、

「いいえ。彼は本当の意味で消滅したわ。わかるのよ、夫婦だもの」

冥府の女王の言だ。理屈は知らんが一定の信憑《しんぴょう》性があると見て良いだろう。

「……それでも、俺に恨みはないのか」

「夫婦だからこそ譲れない一線もあって、それを先に越えようとしたのはハデスの方よ」

そして人間の俺がハデスを排除した理由にも納得ができるからとペルセポネは言う。

「……ギリシャ神話の女らしからぬ物わかりの良さだな」

「失礼な。ああそう。下っ端はともかくゼウスたちもあなたに含むところはないわよ」

「そうなのか？」

「ハデスが半ば暴走気味だったのは周知の事実だったし仕方ないってのが大体の見方よ」

「そうか」

「アテナなんかはむしろ、あなたを好ましく思ってるみたいだけど」

「強いから？」

「強いから」

嬉しくねえなぁ……モロ地雷女じゃんアテナ。

いやギリシャ神話の神々なんて殆ど地雷ばっかだけどさ。

だからこそヘスティア神みてえなぐう聖が際立つんだが。

泣いてる甥《おい》っ子に十二神の座を譲ったり炉の女神として人々の生活に優しく寄り添ってると

か……本当にギリシャ神話のゴッド？　他所の子じゃなくって？

「アテナは置いといて……結局、何のために俺に会いに来たんだよ」

「警告よ」

「警告？」

「ハデスは消滅した。それは事実。でも彼が死んだからとて冥府が消えるわけじゃない」

「だろうな」

冥府はあくまでハデスの領土ってだけで連鎖して消えるようなもんじゃない。

もしそういう仕組みなら俺に依頼した連中もハデスを消せとは言うまいよ。

「だから冥府の女王たる私がこれからハデスの後を継ぎ冥府を治めていくわけだけれど」

「けれど？」

「……彼の権能が私に譲渡されてないのよ」

「うん？」

「木っ端ならともかく最上位の死神であるハデスが完全な死を迎えるなんて前代未聞のことだからそのせいかもしれないけど……どうも、彼らしくないのよね」

「なるほど、ハデスは生真面目な男だからな」

万が一の時は伴侶であるペルセポネに権能が渡るよう準備をしていてもおかしくはない。

にもかかわらずそれがないってのは確かに気になるな。

「今のところ冥府の運営に支障はないのだけれど」

「つまるところアイツが別の誰かに権能を渡した可能性があるって言いたいわけだ」

「ええ。そしてその誰かは……」

「ハデスの掲げる大義も継承している可能性がある、と」

「そういうこと」

め、めんどくせえ……。

「しかし、わざわざ俺に警告する義理がそっちにあるのかね？」

「オリュンポスとしてはあなたと事を構えるつもりはないの」

「……あぁ、そういう輩が出た場合、自分たちとは無関係だって言いたいわけね」

「そ。だからゼウスの名代《みょうだい》として私がやってきたの」

ハデスの妻であるペルセポネに直接、隔意はないと明言させようってか。

「オリュンポスの神々は今、警戒態勢にあるわ」

ティタノマキアもかくやというほどにとペルセポネは溜息をつく。

「何でよ？」

「ハデスを筆頭にうちの神々があなたに幾度か迷惑をかけてるでしょ？」

「ああ」

「そんなあなたがただでさえ強いのにハデスほどの死神に真の死を与えるなんて出鱈目な真似までやってのけてしまった。神々は警戒しているの。〝死〟や〝滅び〟以上の何かが自分たちに降り注ぐんじゃないかってね。ぶっちゃけ私も……ええ、怖いわ」

　ふぅと溜息をつくペルセポネ。

「さて。話はこれで終わり。用事があるからそろそろ行くわ。あ、ここは私が奢るわ」

「そりゃどうも。ちなみに用事って？」

「ナンパと観光。晴れてフリーになったし楽しもうかなって。じゃ、そういうことで」

　ペルセポネは颯爽《さつそう》とこの場を去っていった。

（は、ハデスくん……）

　俺はちょっと泣いた。


　窓の外はしとしとと涙雨。例年より早い梅雨入りだとニュースは言っていた。

　毎年毎年、この時期はあまり好きじゃないんだけど今年は違う。

　じめじめとした空気も気にならないほど私の心は弾んでいた。

「梨華さぁ、ゴールデンウィーク明けぐらいからめっちゃご機嫌だよね」

　一番仲のいい友人のカナが開口一番、そう切り出した。

「そう？」

「そうだよ。一時期は万年生理かよってぐらいピリついてたじゃん」

し、失礼な……とは思うけど否定もできない。

まあ確かに春休みぐらいからもう色々限界でむしゃくしゃしてたし。

「うちに泊まりに来ることもなくなったしさ」

「ああうん。その節は大変お世話になりました」

家に帰りたくない時は友達の家を泊まり歩いていたこともある。

まあ、本当に無理って時だけだからそこまで頻度は高くないけど……本当に感謝してる。

何も聞かずにうち来なよと言ってくれる友達は得難い存在だと思う。

「いーよ。梨華の気持ちもわかるし。でも、解決したんだよね？　苗字変わったし」

「うん、バッチシ。ようやくあのゴミを捨ててくれたよ」

浮気をする夫を子供のためと嘯《うそぶ》いて見て見ぬ振りをする母。

大嫌いだった。ホントもう、気持ち悪いことこの上なくて顔を見るのも苦痛だった。

ホントに私のためってんならさっさと別れろよって話。ママのが稼いでるんだし。

大体さぁ。両親揃ってるからって何なのよ。

世の中にゃ女手一つで子供を立派に育て上げてる家庭だって幾らでもあるじゃん。

（まあ新しい苗字はまだちょっと慣れないけど）

西園寺梨華。それが今の私の名前なんだけど……。

私が前に聞いたママの旧姓と違うからそこでちょっと戸惑う。

ママが言うには表で生きると決めた時に苗字も名前も全部変えたとのこと。

でも全部抱えて生きると決めた以上はってことで苗字を西園寺に戻すと決めたらしい。

下の名前はね。離婚したからって変わるものじゃないからしょうがないよね。

「でも、それだけじゃないよね？　他にも何かあるでしょ。具体的に言うと……コレ？」

カナはにやりと笑って小指を立てた。

「……それ、女じゃないの？」

「え？　気になる異性って意味じゃないの？」

「いや私も詳しくは知らないけどさぁ。女を指すジェスチャーっしょ」

「じゃあ男は？」

「……中指？」

「喧嘩売ってんじゃん」

いやでも男らしくない？

「ってかそうじゃないの！　実際、どうなん？　できたの？」

「……まだカレシって、わけじゃないけど……まあ、イイ人には出会えたかな」

オジサンだ。

あの人と出会ってから私の人生は上向き始めた。

まー……うん、見た目はね。ちょっとだらしない感じのオジサンだけどさ。

男は見た目じゃないよハートだよ。元父親が顔だけは良かったから尚更そう思う。

オジサンは初対面から既に中身がやばばカッコ良かったもん。

（ベンチでぐでーってしてたのはあれだけど……その後がさ）

私への対応がオトナのイイ男って感じでさ。

正直、あの時から気になってた。そこに……あれだもん。

会うのは二度目だったけどさ。初対面の印象でわりとクールな感じだと思ってたの。

燻《いぶ》し銀的な？　滅多なことじゃ取り乱さない感じ。

そんなオジサンがさ、血相変えて駆け付けてくれたんだよ？

（キュンキュンくるに決まってるじゃん）

後で私に良くしてくれた理由がママの子供だからってことでショックは受けたけどね。

でもイイ男はそこで終わらないの。そこからのフォローが良かった。

「……か……梨華ってば！　あんた今ひと様に見せられない顔してるよ！」

「おっと」

「おっとじゃないってば。で、どんな人なの？　教えてよ」

「えーどーしよっかなー」

「意地悪しないでさぁ……ってやば」

そこでチャイムが鳴り先生が教室に入ってきた。

カナは後で詳しく聞かせてよ！　と言って自分の席へと戻っていった。

（まあでも、問題がないわけじゃないよねえ）

年齢差？　そこはまあ、好きに年齢とか関係ないし。

（ただママからすれば複雑だろうなぁ）

昔、仲が良かった親友が娘のカレとかリアクションに困るわなどと考えていたら、

「はい、全員静かに。今日は転校生を紹介するぞー」

転校生？　突然のことに目を丸くする。

そんな話、聞いてなかったけど……急だったのかな？

ああでも、よくよく見れば私の隣に席できてるじゃん。昨日まで何もなかったのに。

「じゃ、入ってくれ」

先生が促すと教室の外から一人の女生徒が入ってくる。

銀髪、蒼《あお》い瞳……外国人？　いやそれより!!

「デッッッ……！　エッッッ……!?　何それマジでタメ!?」

デカイ！　胸が！　尻が！　何その胸!?

「小さい子供の頭ぐらいない!?　お尻もデカくてエッッ!!」

でもデブじゃない！　キュッ！　って……うわぁ、うわぁ、うわぁ……!!

「なか……西園寺、お前それ同性でもセクハラだからな」

「いやでもこんな……！　えぇぇぇぇぇ!?」

顔もお人形さんみたいに可愛いし！　あの、前髪で片目隠れてるのがまた……！

何この男の妄想から飛び出してきたような美少女！　ありなのそれ!?

「……すまんな。アイツちょっと馬鹿なんだ」

「いえ、お気になさらず」

「そうか？　じゃ、改めて自己紹介を頼む」

「はい」

頷き、彼女は教壇に立ちチョークを走らせた……フッ、読めん。

何あれ英語？　違うよね？

「ギリシャから来ましたサーナ・ディアドコスと申します。日本に来たばかりで不慣れなことも多く皆さんにはご迷惑をおかけするかもしれませんがよろしくお願いいたします」

ぺこりと頭を下げる転校生さん。

お辞儀まで綺麗じゃん……やばいってこれ。女として勝てる要素ゼロだ。

「このまま質問タイム……といきたいがそんな時間もないんで、そういうんは休み時間にでもしてくれ」

それじゃあそこの席へと先生が促す……うわぁ、歩き方もふつくしい……。

「お隣ですね。改めてよろしくお願いします」

「あ、うん。えっと、私は西園寺梨華。梨華で良いよ」

「では私もサーナと」

「サーナちゃんね。うん、よろしく！」

これから毎日このお胸を見れるのか……。

（別にそっちのケはないけど何か嬉しいわ……ありがたやありがたや）

思わず拝んでしまう私なのであった。


終業後。会社を出る前にルーティンである屋上での一服を楽しんでいると、

「部長、ちょっと良いですか？」

「おうどうした松本くん。それにそっちは……情報システム部の川田《かわだ》くんだったかな？」

松本くんが他部署の社員を連れて俺の下にやってきた。

自分とこならすぐに顔と名前が一致するのだが違うとこなので少し間が空いてしまった。

「え、あ、ご存じなんですか？」

川田くんが驚いたように目を瞬かせる。

「ああ。松本くんとは同期の桜だろ？　知ってる知ってる」

人の顔と名前を覚えんのは営業マンの必須スキルだからな。

それを鍛えるため、ぺーぺーの頃お世話になった先輩に言われたのだ。

まずは自分とこの社員の顔と名前、簡単なプロフを頭に叩き込め、と。

「んでどうしたのよ？　何か困りごとけ？」

「困りごとっていうか……部長、バーとかも行きますよね？　乙女⚥バーとかじゃなくあの何つーんですかね。普通のお洒落？　なとこ」

「ああ。基本、酒が飲めるとこはカバーしてるよ」

何ならホストクラブとかにも行くからね。

そう頻繁にってわけじゃないがホスト相手もこれで中々、楽しいのだ。

「な、なあ松本……やっぱ佐藤部長に相談するようなことじゃないって」

「バッカ。佐藤部長はうちで一番の遊び人だぞ。この人に聞いとけば間違いないって」

「ううん？」

「いや実はですね。川田の奴、そういうお洒落なバーに興味あるみたいなんですよ。ほら、カッコイイじゃないですか。そういうとこで飲むの」

「ちょ、おま……やめろよ恥ずかしい!!」

「いやいや恥ずかしくなんてねえよ。実際俺も初めて行った時の理由、それだぜ？」

何かカッコ良いから。ホント、それだけの理由だった。

軽い気持ちで通いながらバーでの楽しみ方を他のお客さんやマスターから教わったよ。

「部長らしいですね。ただそういうお店って敷居高いでしょ？」

「それで軽くレクチャーしてほしいってわけか」

「あの、ご迷惑でなければ……」

メモを取り出す川田くん。本当に話だけで済ますつもりらしい。

もうちょっと図々しくて良いと思うんだが……まあ、目上の人間に気安くは難しいか。

「よしよし、そういうことなら今夜はオッサンが奢っちゃろう」

「え、いやいやいや！　あの、そんなつもりじゃ……」

「良いの良いの。松本くんも当然、付き合ってくれるよな～？」

「甘えさせていただきます」

「よしよし。そんじゃ早速……」

と、そこでスマホが震える。確認してみると……。

「……すまん、急用が入った。今日は無理そうだ。二人は明日の予定どうなってる？」

「俺は問題ないです」

「わ、私も……はい！」

「んじゃ明日にさせてくれ。今日の分も楽しませてやっからさ。悪いねホント」

吸いかけの煙草をもみ消し灰皿にポイ。コーヒーを一気して屋上を後にする。

会社を出て向かったのは互助会が経営している喫茶店。

表向きは喫茶店だが空間弄《いじ》って店の奥に会員が利用する施設があるのだ。

要はあれだな、ファンタジーに出てくる冒険者ギルドみたいなとこ。

この手の施設は都内に複数あって、今回足を運んだのは俺がよく利用するところだな。

「すいません急に」

「いや良いさ。あの子らのことで何かあれば連絡するように言ってるのはこっちだしな」

あの子ら、とは梨華ちゃんと光くんのことだ。

二人は週一、二ぐらいで教導役と共に訓練がてら簡単な依頼を受けるようになっていた。

そこそこ慣れてきたから今日は裏の過酷さが垣間見えるようなちょいキツめの依頼を受ける

ことになったのだが……教導役にトラブルが起きてしまった。

「それよかパイセン……吉野《よしの》さんは大丈夫なのかい？」

何でも奥さんが急に産気づいたとかで急遽同行できなくなったのだ。

普通ならその段階で今日の依頼は中止になるのだが、この手の新人に回せる良い塩梅《あんばい》の依頼ってのは常時あるもんじゃない。今回のを逃せば次はいつになるか。

じゃあ他のフリーランスに引率任せればと思うかもだがそうもいかん。

教導役ってのは互助会が信を置く人間にしか任せられていないのだ。

フリーを装って互助会に潜入してあれこれ良からぬことをやってた例があるからな。

だから互助会側も教導役を厳選してるんだが、その弊害で数に余裕がない。

が、今回に限っては俺がいたのでとりあえず話だけでも通しておくかとなったわけだ。

「ええ。今、病院で奥さんの傍についてるそうで」

「そうかそうか。んじゃ、今回二人に回す依頼について教えてくれるかい？」

別室で待機してる二人にはどうなるかわからないのでまだ説明してないみたいだからな。

俺がしっかり聞いておかんと。

「こちら、資料になります」

「はいはい。どれどれ……うげ!?　ええ……これ系？　しかも二件も……」

思わず顔を顰める俺に受付の子が困ったような顔をする。

「〝コレ〟もある意味、裏における洗礼みたいなものですし」

「わ、わかるけどぉ」

「ストレートな感じのは今のとこ、特にないので……」

「……ちょっと待って。一旦、千佳さんに相談すっから」

光くんはさておき梨華ちゃんはなぁ。

スマホを取り出しささっとメッセージを飛ばすと、

〈親としては正直嫌だけど、必要なのもわかるから……よろしくお願いします……〉

苦み走った顔が想像できる返信が返ってきた。

千佳さんも昔は平然とこなしてたけど色々常識を身に付けた今だと普通に引くよね。

「……ＯＫみたいだし引率引き受けるわ」

「了解です。手続きをしておきますね」

「よろしく」

溜息をつきながら梨華ちゃんと光くんが待機してる部屋に向かうと、

「でさ！　転校生ちゃんの胸がすごいの何のって！　ぶるんぶるんって擬音が聞こえてきそうな乳とか初めて見たわ!!」

「あの、西園寺さん？」

「あんなんもうブルンバストだよ。ロボの名前かよっつーね？」

「……あんまり女の子がそういう話をするのは」

「暁くんは堅いな～女だって普通にシモの話ぐらいするよ？　女に幻想持ちすぎぃ」

……梨華ちゃんの方は大丈夫そうだな。

「あ、オジサン！　やっほ～」

「やっほー。話は聞いてると思うが今回は俺が引率を務めることになった」

「よろしくお願いします」

「ああ。早速だが今回の依頼について説明するぜ？」

俺がそう告げると二人は居住まいを正した。

自分でやる分には別にどうとも思わんが子供に相手させせんのは気が重い……。

「――――君らには変態の相手をしてもらう」

ハテナ顔の梨華ちゃん、フレーメン反応を起こした猫みたいな顔の光くん。

「じゃ、現場行こうか」

「ちょちょちょちょ！　え、は⁉　説明！　どういうことなんですか⁉」

「……百聞は一見にしかず。見ればわかる」

事前に依頼についてしっかり説明しないのはよろしくない行為だ。

本来の教導役ならしっかりと説明を行っていただろう。

だが今回は俺がいる。俺がいれば滅多なことはまず起きない。

なら骨の髄まで理解してもらうためには初見のインパクトを優先した方が良い。

(俺の時は正直、どうとも思わんかったが)

これは性格だろうな。

体験する側とさせる側。大人と子供。立場の違いでこうも変わってくるとは……。

「二人とも、準備はもう終わってる？」

「オッケ～」

「……い、一応は」

梨華ちゃんの方は図太いな。

千佳さんは真面目系だが、梨華ちゃんは物事を深く考えない性質なんだろう。

「じゃ、行くぞ」

二人を連れ、埼玉県のとある山中へ転移した。

「少し歩くよ」

「りょ」

「は、はい！」

直で拠点に飛ぶこともできるが少し歩いて心の準備をさせようという判断だ。

そして目論見通り、夜の山中を歩いているうちに光くんの気持ちも整ってきたようだ。

一〇分ちょっと歩いたところで目的地に到着。

「オジサン？　何もないよ？」

「あるんだな、これが」

咥えていた煙草を携帯灰皿に押し込み、思いっきり煙を吐き出す。

煙が勢い良く広がり偽装を吹き飛ばすと何もなかったはずの場所に洋館が現れた。

「この手の偽装についてはまあ後日、教導役の人に教えてもらうと良い。じゃあ行くぞ」

扉をけ破り、叫ぶ。

「御用改めである!!!!」

するとわらわらと屋敷のあちこちから構成員らしき連中が姿を現した。

(ざっと数えて……おぉぅ、五〇人はいるな)

それだけの支持を集めるとは……いや気持ちはわかるけどね?

「あ、あれは……佐藤、英雄!?」

「バレていたにしても何故、奴ほどの男が……」

「り、りりりリーダー!!」

俺の顔を見て七割強が動揺。残る三割はまるで動じてない。

(アイツら……かな?)

態度もそうだが実力的に見てもあの三割が幹部とトップだろうな。

「落ち着けお前たち。ああ、確かに恐ろしい男だ」

階段の踊り場に立つ小綺麗な男が口を開いた。奴がリーダーだろう。

しかし……年は俺と同じぐらいか?　結構な男前なのにマジかお前……。

「〝地球の最終防衛ライン〟〝核の擬人化〟〝梅田《うめだ》のヨルムンガンド〟。大層な二つ名の数々に負けていないどころか、逆に物足りんほどの実力を奴は備えている」

梅田のヨルムンガンドはそこ並べるの違うっしょ。アホほど飲んでる俺を見た裏の奴がうわばみとかそういうレベルじゃねえってんで付けたあだ名で力とは関係ないし。

「────が、それがどうした？」

動揺が収まり始めた。

……そうそう、懐かしい感覚だ。この手の奴らって妙にカリスマ性ある奴多いんだもん。

「力で己を曲げるのか？　心の光をたかだか強い奴が現れただけで捨てるのか？」

カッケーなぁオイ。

「笑わせる。人の尊厳とは力程度に屈するものではなかろうに」

亜空間から反射的にロング缶を取り出しそうになったが我慢した。

子供を教導するという役目を担っているのだから酒に逃げるわけにはいかない。

「というか、だ。今見るべきは佐藤英雄か？　なるほど、女ならば途方もないポテンシャルを秘めていただろうが奴は男だ。私らからすれば心底どうでも良い存在ではないか」

「……」

「今、我々が見るべきはあの子だろう」

「え、私？」

ギュン！　と全員の視線が向けられたことで梨華ちゃんが軽くたじろぐ。

「……確かに」

「かなりの素養を感じる」

「が、それだけに惜しい」

「ああ。飾り気がなさすぎる」

「何を言う。それを教え導くのが我らの役目だろうに」

梨華ちゃん？　褒められてるわけじゃないからね？

いや連中にとっては誉め言葉なんだ……む！

「オジサン⁉」

「佐藤さんッッ‼」

頭目《とうもく》からノーモーションで放たれた光線。

梨華ちゃんに向けて撃たれたそれの射線上に割って入り、敢えて受け止める。

「大丈夫だ。ダメージはない」

「う、うん……うん⁉　いや何かオジサン金髪になってんだけど⁉」

「チィッ……染髪《せんぱつ》魔術。当たっていればそこの少女は見事な金髪になっていただろうに」

「一番、出が早い染髪魔術でさえこうもあっさりと」

「これではメイキャップビームや褐色光線は当てられそうにありませんな」

「待て待て待て！　何を褐色にしようとしている⁉　ここは美白光線だろう‼」

ああ……やっぱ一枚岩ではないんだ。

辿り着く先は同じでも構成する要素については好みが分かれるよな。

俺はどっちも良いと思うけど。

「染髪？　メイキャップ？　褐色？　美肌？　さ、佐藤さん……あの人たちは一体……」

「……見ての通り奴らは組織だ。その組織名を教えよう」

ふぅ、と溜息を吐き俺は言う。

「――――〝オタクに優しいギャルを作る会〟だ」

「「は？」」

「オタクに優しいギャルを作る会」

「いや聞こえなかったとかじゃないです！　な、何を言って……」

「裏の世界にゃ超常の力を使って悪事を働く奴がいる。コイツらもその一種だ」

口にするのも憚《はばか》られる外道系もいるが、そういうわかりやすい悪党とは別種。

性癖を満たすためにアホな力の使い方をする変態がさぁ……一定数、いるんだわ。

そして性質の悪いことに一つ潰してもまた別の変態がポップしてきりがねえの。

外道系に比べりゃマシだが迷惑な輩であることに変わりはない。

だからこういうのが堅気に迷惑をかけんよう処理するのも互助会の役目なのだ。

「そこな少女よ。君もギャルにならないか？」

「勧誘ヤメロ」

「君ならばオタクに優しいギャルとして多くのシャイシャイボーイを救えるはずだ」

クッソ話が通じねえ……。

いや俺も性癖談義は好きだけどさぁ。押し付けるのは違うじゃん？

気が触れた……もとい気の置けない仲間たちと駄弁るだけで十分楽しいし。

「どうかな？　答えを聞かせてくれ」

「……オジサン」

「無視して良いよ。じゃ、強そうなのは俺が相手するから二人はそれ以外をよろしく」

「はい……あぁ、まるでやる気が起きない」

「ま、頑張ろうよ」

軽く肩を回しながら一歩前へ出る。

「よォ、始める前に一つだけ良いか？」

「何だね？」

「お前らさぁ、勘違いしてない？　オタクに優しいギャルはまあ、いると思うよ」

でも、

「そういう子はオタクだけに優しいわけじゃねえからな？　オタク〝にも〟優しいギャルなんだよ」

瞬間、時が止まった。痛いほどの沈黙の後、怒号が飛ぶ。

「――それ言ったら戦争だろうがッッ！！！」

《殺せェエエエエエエエエエエエエエエエエエエエ！！！！》

戦いが始まる。俺は宣言通り強いのを相手にして雑魚を二人に任せたのだが……。

（やっぱ苦戦してるな）

とはいえ危ない感じはないので問題はないだろうと二人の戦いを見守ることしばし。

「はぁ……っはぁ……」

息を荒らげる二人。大体三〇分か。結構かかったな。
あの子らが相手したのは五人ほど。数では負けてるが実力的には問題ないレベルだった。
にもかかわらずここまで消耗してるのは……。

「こ、こいつらしぶとすぎでしょ……」

「……いつも相手にしてる怪物よりは弱いぐらいなのに、尋常じゃない粘り強さだ……」

雑魚どもが予想以上にしぶとかったからだ。

「これが化けモンと人間の差だよ」

依頼では人間を相手取ることもあるにはあるが、二人はこれが初めてだ。
人間が敵の場合は変態案件を除けば大概、シリアスな事情が裏にあるからな。
そういうところに踏み込ませるような段階ではないので当然だ。

「光くんにゃ前、教えただろ？」

倒れた連中を拘束し、まとめて互助会の施設へ転移させる。
ここから先は互助会の仕事だからな。

「……裏の人間同士がぶつかる場合、その時の精神状況が戦いを大きく左右する」

「そういうこと」

ただまあ、

「こういう連中はある種、特殊な事例でもあるがな」

例えば俺が倒した頭目や幹部連中。強いは強いが裏基準で上澄みってほどじゃない。

実力的にはコイツらより強いのでも、俺と対峙した瞬間に戦意喪失することがある。

戦わずして折れずとも相手してるうちに彼我の絶対的な実力差に心折ってしまう奴も。

だがコイツらは始終、戦意を滾らせていた。変態連中は大体そうだ。

超常の力を徹頭徹尾性癖のために費やすような連中だからな。ある意味で信念を持っていると言えなくもない。力はともかく精神面でのブレのなさが半端じゃないのだ。

「俺が裏の世界に足を踏み入れて二〇年近くか？」

合計すりゃ西暦ぐらいの数、変態をシバキ回してきた。

「大概の奴が最後の最後まで足掻き続けてたよ」

脳内を駆け巡る記憶。ロクでもねえのばっかだこれ。

「二〇〇〇以上の変態……もうダメだねこの国」

「……何で……何で、力を手に入れてこんなことを……」

憂う梨華ちゃん、嘆く光くん。

返す言葉もねえとはこのことだ。いやホント、どうかしてるよな。

しみじみと頷きつつ、俺は二人を回復させてやる。

突然体が軽くなったことに驚きを露わにするが、

「あの、ひょっとして……」

「はい。もう一件あります」

「やっぱりぃ!?」

賢い子たちだ。まあそれゆえに今、苦労してるんだが。

初見のインパクトは十分なので次の相手についてはちゃんと説明してやろう。

「次の敵は純潔戦線《ヴァージンフロントライン》だ。どんな奴らかはまあ、お察し」

「処女厨《ちゅう》かよ!!」

「さ、西園寺さん！　女の子が……とか言っちゃダメだよ!!」

敢えて触れずにきたけど現役ＪＣの梨華ちゃんより現役ＤＫの光くんのが乙女だよね。

もしくは年下だからか妹さんたちを重ねてるのかもしれない。

自分の妹がシモ発言平気でしてたらと思うとお兄ちゃん的には他人事に思えないよね。

「じゃ、次行くべ」

「「……はい」」

項垂《うなだ》れる二人を連れ、今度は千葉県のとある埠頭《ふとう》。山の次は海である。

変態ってのはマジでどこにでも生息してんなぁ。

「ガサ入れの時間だオラァ!!」

倉庫の扉を蹴破ると同時に一般人が巻き込まれないよう周辺に結界を展開する。

二〇人ぐらいの男女が車座で駄弁っていたが俺らを見るや即座に臨戦態勢に入った。

……さっきもそうだがここも女が交ざってるのか。

昔は男ばっかだったけど近年の変態集団は少数ながら女性が交ざってるのが多いんだよな。嫌だよこんな男女平等社会。

「さ、佐藤英雄⁉」

「馬鹿な……何故、ここに⁉」

「いやそれより」

全員の視線が梨華ちゃんに。奴らはうんうんと頷き、無言で親指を立てた。

「キッモ！　キッショ！　何コイツら⁉　キモキモキモキモキモォオオオオオオオオ！」

仰る通りです。

俺としてもここは怒る場面なんだろうが……いかんせん気疲れが酷くてやる気が……。

「……ルーキー二人を見るに互助会の教導か？」

「佐藤英雄が教導役を務めているのは驚きだが……いやそれより！」

「互助会は我々を異端認定したのか⁉」

「何故だ！　我らは別に何もやってないぞ⁉」

「やってんだろうが」

年頃の娘さんの前でこんなこと言いたくはねえけどよぉ……。

「知らない間に……を再生させられた女の子らが怪奇事件だっつってなぁ！」

ＳＮＳで話題になりかけてたんだぞ。火消しに奔走した政府や互助会が哀れでならねえ……。

唯一の救いは辻《つじ》斬りならぬ辻再生で手当たり次第ってわけじゃないとこか。

コイツらは基本、男から依頼を受けてやってる。

自分以外の男と交際経験のある彼女を、もしくは片思いのあの子を、とかな。

頼む方もどうかしてる。深くは考えない。頭がおかしくなりそうだから。

「大人しくお縄につきな」

「ええい！　大義を解せぬ愚か者がァ！　やるぞ！　最後の一人になるまで戦うのだ‼」

そして戦いが始まった。

先ほどよりも数は少ないがその分、平均レベルが高かった。

戦いは長引いたものの二人は何とか勝利を手にした。

無言で項垂れる子供らに代わって俺は互助会に依頼達成の報告を入れ二人に声をかける。

「……とりあえず飯でも行こうか」

二人は無言で頷いた。選んだのはファミレスだ。

回らない寿司屋とか高い焼き肉屋とかでも良かったんだが今の状態じゃ味もわかんねえだろうしな。お高い店にはまた今度、頑張ったご褒美に連れてってやろう。

「……佐藤さん」

「うん？」

メニューを眺めていたらこれまで無言だった光くんが口を開いた。

ちなみに梨華ちゃんの方は店入った段階で立ち直ったようで今はドリンクバーで色んなドリンクを混ぜ混ぜしてる。やるよね、中学高校の時はやっちゃうよね。

「あの人たちは、これからどうなるんですか？」

……ああ、なるほどね。

生真面目で深く物事を考える性質だからか光くんは薄々、気づいてる。

裏で悪さした奴がどうなるか。でも今回に限ってはその心配はない。

「安心しな。ちゃんと生きてるから」

あの変態どもは互助会お抱えの呪術師にこれから呪いをかけられ性癖を封印される。

といっても永続ではない。労役に就いて貢献度を稼げば封印は解除してもらえる。

俺がそう説明すると、

「それ、罰なんですか？　労役だってぶっちしちゃえば……」

「罰だよ。連中にとって性癖は何よりも大事なもんだからな」

労役をぶっちするとかはまずない。

「ちなみに連中を殺さない理由は奴らが有事における貴重な戦力になるからだな」

「戦力、ですか？」

「奴らにとって世界の危機イコール性癖の危機だからな。有事の際はめっちゃ協力的だぞ」

ちなみに俺の時もそうだった。

千佳さんと共にファイナルバトルに臨もうって時のことだ。

呼んでもねえのに頼もしい変態どもが続々と参戦して道を切り開いてくれたよ。

「光くん？」

「少し、疲れました」

「そうね……」

残業一〇〇時間超えのブラックリーマンみてえでちょっと泣きそうだ……。

五章　夏が来た

大人になると時間の流れが早く感じる。

最近は色々あったってのもあるが、気づけばもう七月だ。

「……ッ隙アリ!!」

「いやねーよ」

幾つかフェイントを織り交ぜてからの一撃。駄目駄目だ。それじゃ食らってやれんわ。

（にしても折角の休日だってのに真面目だなぁ）

今日は土曜。子供らにとっては一番気兼ねなく楽しめる日だってのに、

『今日、お時間あるなら鍛錬に付き合っていただけませんか？』

なんて言ってくるんだから真面目としか言いようがない。

（いや俺は良いんだよ。今日は表の用事で有給取ってたからさ）

用事終わったらフリーだったしさ。でもこの子らは貴重な青春を……おや？

連撃をひょいひょいと躱《かわ》して光くんのバックを取りホールドしたところで気づく。

ふと上を見れば梨華ちゃんが俺の真上で両手を突き出していた。

「ぶっっ飛べぇえええええええええええええええええええええええ！！！！」

「うぇ!?」

光くんがギョっとする。

そりゃそうだ。自分ごと巻き込むような勢いで風が放たれたのだから。

煙草の煙で風を相殺し、そのまま煙を操作して距離を取ろうとした梨華ちゃんを捕縛。

べちゃっと地面に叩き付けられたのを確認したところで、一旦休憩を宣言する。

そろそろ水分入れとかないとね。熱中症になっちゃう。

「しっかり水分取るんだよ。まだ大丈夫は大丈夫じゃねえからな」

「はい！」

「はーい」

「んじゃ、休憩がてらさっきの立ち回りを評価してこうか」

……キンッキンに冷えた麦のあんちくしょうが飲みてえなぁ。

スポドリに物足りなさを覚えながらもグっと堪えて続ける。

「まず光くん。動きは良くなってる。確実に」

「ありがとうございます」

「ただ戦闘中の取捨選択がちょっとできてないかな」

自分の強みを押し付ける戦い方。自分の弱みを潰す戦い方。もしくはその両立。

戦いにおける立ち回りを大雑把に区分するならこの三つになる。

「それを踏まえた上で光くんの気質的に一番合ってるのは自分の弱みを潰す戦い方だ」

「……はい、俺もそう思います」

「なら向いてないことをやっちゃダメだよ」

「向いてないこと、ですか？」

思い当たる節がないのだろう。キョトンとする光くんに言ってやる。

「フェイントだよフェイント」

虚実織り交ぜて攻撃を当てる。戦いの基本では？　そうね、確かにそうだ。

でも下手なフェイントは逆に足を引っ張る。それなら普通にやった方がよっぽど良い。

光くんはまさにそれで、実の方はまあまあ良いんじゃない？　だけど虚の方は雑も雑。

「あの場面では変に小器用なこと考えずドストレートに攻めてた方が良かったね」

「暁くん、嘘とか苦手そうだもんね～。嘘ついた後とかめっちゃキョドってそう」

それな。

「き、気を付けます……」

「光くんは基礎的な部分は良い感じだからそこはこのまま伸ばしつつ改めて得手不得手を見直して自分の立ち回りについて考えてみると良いよ」

「……はい！」

とりあえず光くんのはこんなところかな？

「じゃ次は梨華ちゃんね」

「うぃー」

「梨華ちゃんは逆に基礎的な部分がよろしくない。つまらなくてもしっかりやろう」

「う……はい」

本人にも自覚はあったのだろう。バツが悪そうに頷いた。

しかしこういうとこ親子なのに正反対だよな。

千佳さんの場合は最初から強かったけど、基礎部分の鍛錬は地道に継続してたからな。

「ただ立ち回りは良かった」

「ホント!?」

「ああ。兎にも角にも思い切りが良い。自分の強みを押し付ける戦い方ができてる」

性格的に失点を減らすやり方は向いてない。

本人もそこは無意識のうちに理解しているのだろう。そういう立ち回りは一切なかった。

ガンガン行くぜ！　とひたすら自分の強みを俺にぶつけ続けていた。

「特に良かったのは最後の風。あれ、俺が光くんを守るのわかっててやっただろ？」

「うん。だって、そーゆー性格的なとこも織り込んでの戦いでしょ？」

「その通り」

光くんが逆の立場なら俺が防ぐとわかっていても無理だ。優しさがブレーキになる。

ただそれは短所ではなく長所だろう。そういう優しさ、嫌いじゃないよ。

逆に梨華ちゃんが冷酷ってわけでもない。大胆な行動に出られるのも長所だ。

「ただ長所も使いどころを誤れば短所になるからそこは気を付けること」

梨華ちゃんの思い切りの良さは思慮の浅さに繋がりかねない。

光くんの優しさはやるべき時にやるべきことをやれない弱さに繋がりかねない。

それじゃあ梨華ちゃんのまとめといこう。

「基礎を頑張りましょう。思い切りの良さはそのままでＯＫ。ただもうちょい考えることも意識してみれば更に良くなるよ」

「考える……わかった」

「一〇分休憩したら再開しようか。次は今言ったことを意識して頑張ろう」

「「はい!!」」

元気の良い返事だ。

「そういやあと二週間ちょいで夏休みだけど二人は予定とかあるのかい？」

「特にはないですね。例年通り宿題やって妹たちの面倒を見て……あとはこっちの仕事をちょっと増やしたいかなと」

家にお金を入れたいので、って光くんの言葉がすげえ胸に刺さる。

光くんは回復アイテムとかの消耗品の出費を差し引いて残った分は家庭に入れている。

遊ぶ金にしか使ってなかったかつての俺が情けなく思うぜ。

「私も友達と遊ぶぐらいかな。ママは私を旅行とかに連れてってあげたいみたいだけど」

「ああうん、最近忙しそうよね」

この前飲んだ時「ここからが地獄だ……」みたいな感じだったもん。

「オジサンのとこはどうなの？」

「うん？　まあ、暇ってわけじゃないけど余裕はあるな」

有給とかも取ろうと思えば取得できるだろうし、夏季休暇も問題ない感じだ。

ま、あくまでこのまま何事もなければの話だが。

つってもトラブルや緊急の案件が入りそうな気配はないし今年はゆっくりできると思う。

「じゃあさ、オジサンが遊びに連れてってよ」

「俺？」

「ダメなの？」

「別に良いけど……オッサンと遊びに行って楽しいか～？」

「楽しいでしょ。だってオジサンってオジサンだけど話してても普通に話合うし」

感性がガキのそれだからだろうな。

「わかった。じゃ七月後半のどっかで三日ぐらい有給取るからどこ行きたいか決めとき」

「やったね暁くん！」

「へ？」

「え、暁くんも来るっしょ？　妹さんたちを遊びに連れてったげる良いチャンスじゃん」

ナチュラルに光くんと妹ちゃんたちをカウントするあたり陽の者だよなぁ。

光くんは陰キャってわけじゃないが真面目だからこういうとこで遠慮しがち。

「いや、その……」

「子供が遠慮するなって」

「……じゃあ、お願いします」

「おう」

「ねね、暁くんどこ連れてってもらう？　夏だしやっぱ海？　でも、山もありかなぁ」

「俺は……どっちでも。藍と翠もどっちだって喜ぶだろうし」

おいおい……正気かこの子ら？

「ダメ、全然ダメだわ梨華ちゃん。発想が貧困」

「え、急にディスられた？」

「そこは両方だろ。昼間は海で遊んで夜は山でキャンプ。これっきゃねえべ」

二日目は山オンリー。山をトコトン楽しむ。

んで最終日は朝から海で泳いで夕方に帰る……完璧じゃんよ。

「あの、佐藤さんの負担大きくないですか？」

「え、何で？　子供連れてくつっても俺だって普通に遊ぶよ？」

勿論、危険がないよう目を配りつつだけどな。

自分も遊ぶんなら別に負担でも何でもないだろって話よ。

「オジサンって気持ちの部分はめっちゃ若々しいよね～」

「だから大人になっても夏を楽しめるのさ。それより何するか考えようぜ！」

「だね！　暁くんは何かやりたいこととかある!?」

「えっと……」

夏休みの話題で盛り上がる俺たちであった。


日曜。昼飯のソーメンを啜りながら俺は昨日のことを思い出していた。

指導の後、施設のラウンジで風呂上りのビールを飲んでいたら会長がやってきたのだ。

頼み事があるとのことで最初はまたやべぇのが出たのかと思ったらそうじゃなかった。

『裏の学校～？』

『正式な決定というわけではありませんが』

裏に巻き込まれた子供らを通わせる学校を作ろうという話が出ているとのこと。

『佐藤さんもそうだったように裏に巻き込まれてしまう子供たちが一定数います』

『ああ。梨華ちゃんや光くんもそうだからな』

まあ梨華ちゃんの場合は避けられぬ運命、ってな気がしないでもないが。

ともあれ裏の世界に引きずり込まれた子供ってのはそこそこいる。

そういう子らのために互助会は指導役をつけているのだが……。

『今はまだ何とかなっていますが、いずれ対応し切れなくなる時が来ると思うんですよ』

『それは……まあ、増えることはあっても減ることはねぇからな』

裏の悪党、化け物、その対処が十全にできているとは言えない。

裏の秩序を守る側は基本的に人手不足だからな。

一般人に被害が出たり超常の存在との接触で力が目覚めたりする例は微増し続けている。

『個人個人をよく見られる今のやり方の方が質は上がりますが……』

『数には対応できない。だから画一的な教育をってわけね』

『はい。その一環として学生の夏期講習みたいな形で試しに一つ教室を立ち上げようということになりまして』

『んで俺を？』

『ええ、教師の一人としてぜひとも参加していただきたく』

『ンで俺よ？』

『西園寺梨華さんと暁光くんへの対応を見れば指導力は十二分にありますし……何より、あなたは誇張なしの〝最強〟だ』

『？』

『ぶっちゃけるとなまはげになっていただけないかなって』

『ぶっちゃけすぎだ』

圧倒的な力を見せ付けイキりがちな子供の心をへし折ってくれってことだろう。

俺もそうだが多感な時期にこんな世界に巻き込まれちまうと調子に乗っちゃうんだわ。

そのせいで死ぬこともあれば、道を踏み外すこともある。

……いや俺は違うか。力を手に入れる前から調子乗ってたわ。

力を手に入れて増長するガキのがまだ弁えてるな。

『指導役もそこらは気を付けてはいるんですがねえ』

『自分よりちょっと長く裏にいるだけ。鍛えれば追い越せるって軽く見られちゃうか』

『全員が全員、そうというわけではありませんがね』

子供らを責めるのは酷だろう。

大人であろうと降って湧いた力に溺れることはあるのだから。

多少は物事の道理を知っている大人でさえそうなるのだ。子供ならば尚更だろう。

実際、わりと順調に育ってる梨華ちゃんでさえそういう部分はある。

光くんみたいに最初っから良い意味で弁えられる子供は稀だ。

『まあやりたいことはわかった。でもよ、下手すりゃ折れちまうぞ？』

自衛できる力を得た時点で子供らは選択を迫られる。

このまま裏でやっていくか、足を洗って表に戻るかの二択。

光くんは最初は後者のつもりだったようだが予想以上に危険が溢《あふ》れていることを知ったからだろう。今は家族をそんな危険から守るため裏に残ることを考えている節がある。

調子に乗ってるようなのは大概、裏に残ることを選ぶ。互助会からすりゃありがたい話だ。

全員が全員、互助会に所属し続けるってわけではない。他所に引き抜かれることもある。

だが面倒を見たという事実は意外と大きい。

互助会に残り、裏の秩序を守る側になってくれる者も意外と多いんだなこれが。

互助会の新人サポートにはそういう情を利用した面もあるわけだ。

『バキバキにへし折れちまったら、もう嫌だってなるだろ』

『そこはまあ……こちら側でフォローをしますよ。それでも無理なら……』

『戦力としては期待できないから放流しても問題なし、と』

『ええ』

『ふぅむ……』

上手いことやれば分を弁えた戦力が増える。

下手を打てば戦力は減るが……まあ、そこを含めて色々試したいってことなんだろうな。

『……俺は表の仕事もあるんだが』

『勿論、日中ではなく夜学のような形にして週に二回程度に抑えますので』

結局、押し切られてしまった。

梨華ちゃんと光くん、柳や鬼咲のことで色々便宜を図ってもらったし仕方ない。

ちなみに柳と鬼咲だが奴らは少し前、表舞台に完全復帰した。

今は準備を整えつつ、かつての二大勢力の残党たちへの対処を行っているようだ。

（……あの時捕まえた二人からは結局、情報さらえんかったんだよなあ）

家宅捜索なんかでも表向きの調査理由を裏付ける証拠は見つかったがそれ以外は見つからなかった。残る情報源は捕らえた二人だがこちらは頑として何も吐かず。

長期戦になるだろうと互助会側は考えてたんだが……隙をついて自害しちまった。

（柳と鬼咲に任せるしかねえわな）

元は同胞だ。思考回路もよくわかるだろう。

俺の力が必要な時は連絡してくるだろうし、それまでは静観するしかない。

「ふぅ……ごっそさん」

手を合わし食器を流しへ持っていく。

時計を見ると……まだ余裕はあるが、やることもないし出ようか。

今日は梨華ちゃんと光くん、そして双子ちゃんと一緒に水着を買いに行く予定だ。

梨華ちゃんが提案して光くんたちも予定はなかったので善は急げってことになったのよ。

西園寺家と暁家の中間ぐらいの駅で待ち合わせすることになったのだが……。

「あ、こんにちは。ほらお前たちも」

「「オジサンこんにちはー!!」」

二〇分ぐらい前なのにもういた……流石は光くんだ。

双子ちゃんは帽子被ってて水筒もバッチリなあたり本当、しっかりしてるわ。

「ねえねえオジサン、海連れてってくれるんでしょ？」

「ねえねえオジサン、キャンプって何するの？　カレー？　カレー作る？」

「こ、こら!!」

「良いって良いって」

わらわらとまとわり付いてきた双子ちゃんを抱え上げる。

光くんは気にしてるようだが、良いじゃないの。子供はこうじゃないと。

そうして双子ちゃんと遊んでいると梨華ちゃんも姿を現した。

「え、もう来てる……早くない？」

だよな。

「藍、翠。俺の友達の西園寺さんだ。挨拶しな」

「はーい。はじめましてお姉ちゃん、藍です！」

「はじめましてお姉ちゃん、翠です！」

「あらまあ、ご丁寧にありがとね。私は西園寺梨華。梨華で良いよ」

あぁ……何だろ……この微笑ましい光景……。

（い、癒しゲージが……癒しゲージがドンドン貯まっていくよぉ……）

くたびれたオッサンのハートにはてきめんだぜ。

「じゃ、そろそろ出発しようか」

「「はーい!!」」

「よろしくお願いします」

電車に乗って目的地の大型ショッピングセンターに向かう。

「キャンプ用具とかは用意しなくても大丈夫なんですよね？」

「ああ、俺が用意する。光くんたちは着替えと財布、スマホぐらいで大丈夫だ」

何なら財布も俺が全部出しても良いんだがそこまでするとと光くんがキツイだろうしな。

本当にしっかりしたお兄ちゃんだよ。

双子ちゃんからすればちょっと口うるさく感じるかもだがそれは今だけだ。

いずれあの子らが大人になった時は光くんのありがたさがわかるはずだ。

「藍と翠はスマホ持ってなーい」

「お兄ちゃん、いつになったら買ってくれるの？」

「お前らにはまだ早い」

「「んもう！　そればっかりー!!」」

「あはは、暁くんお兄ちゃんやってんねー」

「それよりほら、水着売り場に着いたぜ。選んでおいで」

「「「はーい!!」」」

女子三人は元気良く水着売り場に突っ込んでいった。

「俺らもテキトーに見繕うべ」

「そうですね。学校で使ってるので良いかとも思いましたがやっぱり恥ずかしいですし」

まあ、学校の水泳で使うやつはね。パツンパツンだからな。

それでも今の子はロングスパッツみたいなんもあるらしいから俺らん時よりマシだろう。

「俺らがガキの頃はマジ、ブーメランみてえなんだったからなぁ」

「……思春期の男子にはキッツイですねえ」

「それな。恥ずかしがるだけならまだしも妙な性癖が芽生えたら事だぜ」

「せ、性癖って……」

「まさか、アイツが……なあ？」

駄弁りながら俺と光くんはテキトーにトランクスタイプの水着を購入した。

会計を済ませ女性水着売り場に。光くんはそわそわしてる。恥ずかしいのだろう。

別に下着売り場にいるわけじゃねーんだから堂々としてりゃ良いのにな。

「キョドってると逆にやばい奴に見えるぜ」

「そ、そうですね」

「それより梨華ちゃんと双子ちゃんは……」

あ、いた。梨華ちゃんの姿は見えないが双子ちゃんがビキニのとこでキャッキャしてる。

隣にいる光くんを見るとさっきのそわそわっぷりはどこへやら。呆れ顔に変わってる。

「アイツらは……ホント、もう……」

項垂れる光くんに気づいたのだろう。

双子ちゃんたちがこっちこっちと声をかけてくる。

「どうお兄ちゃん？　セクシー？　藍、セクシー？」

「翠のがセクシーだよね？」

あっはーん、とビキニを平坦《へいたん》な胸に当ててしなを作る双子ちゃん。

微笑ましすぎてオジサン、そろそろ浄化されそうだわ……。

「お前らみたいな幼児体型に誰が興奮するんだ。恥ずかしいからやめなさい」

「あー！　あー！　お兄ちゃん酷いこと言った！　酷いこと言ったー!!」

まあうん。純然たる事実だが小さくてもレディだもんね。

光くんも他の子が同じことしてたら言葉を選んでただろうが身内だとどうしてもなぁ。

でもそういう身内には雑なとこが出ちゃうってすごく良いと思う。

「ねえねえ、オジサンはどう思う!?」

「似合ってるよね!?」

おっと、俺に矛先が向いたか。

光くんは申し訳なさそうにしてるがこれぐれえ何てことはねえさ。

「残念ながら今の双子ちゃんにはそりゃあ、ちょっち早すぎるわな」

これだけじゃダメ。ちゃんとフォローも入れんとな。

むぅ、と頬を膨らます双子ちゃんたちに言ってやる。

「イイ女ってのはな。自分の武器を上手に使えるものなのさ」

「「武器？」」

そう、武器だ。


「ママは美人だし藍ちゃんも翠ちゃんも俺の目から見て将来性はピカイチ。一五、六にでもなりゃそいつも似合い始めるだろうが今は残念ながらそいつを活かすことはできないな。花も恥じらうような可愛さを全面に押し出した方が魅力を存分に発揮できると思うぜ？」

一躍ビーチの花だと言ってやる。さてどうだ。

「「やだもう！　オジサンってばオジョーズー♪」」

成功らしい。

「まー、オジサンがそう言うなら仕方ないかな！」

「じゃあさ、翠たちの水着選ぶの手伝ってよ！　勿論お兄ちゃんも！」

こら光くん。そんな露骨にめんどくせぇ……って顔しないの。

「将来、彼女できた時のために頑張ろうぜ？」

「いや……別に彼女とか欲しくないですし……」

この子はもう……ん？　双子ちゃんたちがクイクイと裾を引っ張っている。

「ちなみにだけどぉ、梨華お姉ちゃんはこれ似合うと思う？」

「うーん……まだ早いかな。今の梨華ちゃんはセクシーよりスポーティな感じのが輝く」

梨華ちゃんもスタイルは良い。似合うか似合わないかで言えば似合う方だろう。

でも露出多めのビキニタイプをフルに活かそうってんならお肉がね。足りてない。

「あのお姉ちゃんみたいな？」

「こら翠、人を指さしちゃいけ……ま……」

「？」

何故か言葉を途切れさせる光くん。

釣られるように翠ちゃんが指さした方を見ると、

「――――」

デッッッ！　エッッッ⁉

色んな美女美少女を見てきた俺をして、一瞬マジで我を失うほどの逸材がいた。

外国人さんか？　やっぱ外国人さんはちげえなぁ。顔もスタイルも半端ねえわ。

確かにあの子が着たらさぞ映えるだろうねえ。

「あ、サーナちゃん」

と、そこで梨華ちゃんが戻ってきた。

「ごめんね暁くん、双子ちゃんから目を離しちゃって。ちょっとトイレ行ってた」

「いや大丈夫……え、西園寺さんの知り合い？」

「ほら、前に話したじゃん。外国からド級の転校生が来たってさ。あの子だよ」

ＪＣ⁉　マジかお前！　将来有望とかそういうレベルじゃねえだろ！

あの子が勇者なら旅立ちの朝、おかんに起こされた時点で30レベルはあるだろ！

「おーい、サーナちゃん‼」

「？　あ、梨華さん。ご機嫌よう」

「ご機嫌ＹＯ！　サーナちゃん、お買い物？」

「はい。以前から興味のあった便利な調理器具などを揃えたいなと」

「お父さんと二人暮らしだけど忙しくて家事も全部自分でやってるんだっけ」

「ええ。といっても好きでやっていることですから」

「えらいな～」

雑談に花を咲かせる二人。

梨華ちゃんの様子を見るにかなり心を許してるっぽいな。

梨華ちゃんが陽の者であることを差し引いても、あの子は中々のコミュ力と見た。

あと育ちも良い。所作を見ればそれがわかる。

(生真面目な親御さんにしっかり育てられたんだろうな)

などと感心していると、

「ありがたやありがたや」

「こ、コラ！」

双子が両手を合わせお胸様を拝んでいた。気持ちはわかる。

「？　梨華さん、この子たちは……」

「私の友達の妹ちゃんだよ。可愛いでしょ？　藍ちゃんと翠ちゃんっていうんだ」

「ええ、とても愛らしいですね。胸がほっこりします」

……いけるか？　そんな顔をしたかと思えば光くんの隙を突いて双子ちゃんが突撃。

「「すっごーい!!」」

サーナちゃんの胸にダイブしお胸様を堪能し始めた。

「すいませんすいませんすいません！　お前たち、離れなさい!!」

「あはは、構いませんよ。元気があって何よりです」

「『女神様だ……女神さまがいる……やわらかい……』」

微笑みを浮かべ双子ちゃんの頭を撫でるサーナちゃん。

（……子供って良いなぁ。クッソ、オジサン羨ましさで死にそう）

と、そこでサーナちゃんが俺と光くんに視線を向けた。

「あ、ごめんなさい。名前も名乗らずに。私はサーナ・ディアドコスと申します」

「これはご丁寧に。俺ぁ、佐藤英雄。梨華ちゃんのお母さんのダチだ」

「暁光です。妹が大変ご迷惑を……」

自然な流れでお喋りが始まった。

まあそれは良いんだけど光くん……露骨に視線逸らすのは逆に怪しいよ……。

（いやわかるけどね？）

俺も一〇代ならサーナちゃんのとんでもねえ兵器に心掻き乱されまくってただろうし。

「時にサーナちゃん」

「はい、何でしょう」

「今月のこのあたりだけど予定とかあるのかい？」

スケジュール帳を開き日付をなぞって見せる。

「？　いえ、特にはありませんが」

「そうか。実はこの三日ぐらいで休みとって遊びに行く予定なんだが君もどうだい？」

ここで会ったのも何かの縁だろうしな。

いや俺も普通の子ならいきなりこんなことは言わんよ？

会ったばかりの男二人と泊まりで旅行とかハードルたけえだろうし。

ただサーナちゃんはそういうの気にするタイプではなさそうだから誘ってみたのだ。

穏やかで物怖《お》じせず、双子ちゃんたちも懐いてるなら問題はなかろう。

「え!?　い、いえ……会ったばかりの方にそこまでご迷惑をおかけするわけには……」

「良いじゃん。甘えちゃいなって！　オジサンは懐の広さに定評のある男だからさ」

「……で、でも」

そう言いつつもサーナちゃんの目はどこか期待に満ちている。

大人びているが、やっぱり子供なんだなぁ。

「さっちゃんも行こうよ～」」

「……どうでしょう？　妹たちもこう言っていますし」

「…………で、ではお言葉に甘えさせていただきます！」

「決まりだね！　あ、サーナちゃんも水着選ぼ！　渚《なぎさ》の視線を独り占めしちゃうぐらいのすんごいやつ！」

渚の視線を独り占めにするようなすんごいのだと!?

（おいおいおい、外れてしまうかもしれんなァ！　大人の道を!!）

流石に冗談だがサーナちゃんのスーパーボディにはあるよね。

（そうなってもおかしくないぐらいの凄味が）

何故か横の光くんが俺をしらーっとした目で見てるが気にしない。

エピローグ　交錯寸前

有給を取得するため旅行をめいっぱい楽しむため俺は気合三割増しで仕事に励んだ。

そうして旅行当日。昨日も残業でロクに寝ていないが俺のテンションは最高だった。

「すいません、お世話になりっぱなしで」

「何の何の。俺も楽しんでるんでお気になさらず」

まだ日も昇り切っていない早朝。

俺はキャンピングカーで光くんの住むアパートの前に乗りつけていた。

準夜勤であまり寝ていないであろう百合さんを起こすのは忍びないが……事前に話は通してあるっても挨拶もなしに連れていくのは流石に大人としてアウトだからな。

「百合さんもご一緒できれば良かったんですが」

「いえいえ、子供たちだけでもありがたいですし」

俺の有給に合わせて都合良く休みが取れるわけでもなく両家のお母さん二人は不参加だ。

かといって二人に合わせると今度は引率の俺が有給取れず……申し訳ない。

「万が一がないよう全身全霊で子供らを守りますので」

「はい、お願いします。あ、そうだこれよろしければ朝食に」

百合さんが風呂敷を差し出す。中を確認するとたくさんのおにぎりが入っていた。

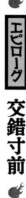

運転手の俺が食べやすいようにとの配慮だろう。

「ありがたく頂きます」

そうこうしていると光くんが双子ちゃんの手を引き下に下りてきた。

「「オジサン、おはよー……」」

「おはようさん」

「……すいません」

「いやいや、子供だししょうがないだろ。車ん中で寝かせてあげな」

寝られるよう準備は整えてあるからと言って光くんを促す。

光くんは一礼し車の中へと入っていき少しして戻ってきた。

「じゃあ母さん、行ってくるよ」

「ええ。佐藤さんにあまりご迷惑をおかけしないようにね？」

「勿論」

「それじゃあ百合さん、俺たちはこれで」

「お気をつけて」

二人で車に乗り込み、発進。

これから梨華ちゃんと梨華ちゃんの家に泊まってるサーナちゃんを迎えに行くのだ。

「これってレンタルですか？」

「私物だよ。表で使うのはこれが初めてだけど」

「表で……え、これ裏で何かするために買ったんですか？」

「ああ。五年ぐらい前かな。裏でバトルカーレースが流行《はや》ってね」

どうしてそんなことになったのかは未だによくわからん。

ただあの時期、裏の世界が妙な熱気に包まれていたことはよく覚えている。

皆、違法改造した車両で空・陸・海を狂ったように走ってたわ。

「大型のキャンピングカーと装甲車で迷ったんだが」

「何故そのチョイス……」

「ごつい車が好きなんだよ」

悩んだ末、デカイ買い物するならバトル以外にも使えるのが良いなと思い前者を購入。

……まあ結局使う機会はなくて、本来の用途で使うのはこれが初めてなわけだが。

「車で行くとは聞いてましたけどこんな本格的なキャンピングカーだとは……」

「まー、普通のバンとかでも良かったんだがな」

キャンプするわけじゃん？

俺や光くんは外でテント張って寝るのも問題ないが女の子はどうかわからん。

実際やってみてこれ合わないかもってなったら寝られる場所が必要じゃん。

「そこまで考えて……佐藤さんってホント、気遣いの人ですよね」

「気兼ねなく楽しむためだよ。あ、おにぎり食べて良いかな？」

「あ、じゃあ俺が出しますんで」

「悪いね」

光くんからおにぎりを受け取り、口に運ぶ。

……おかか……おかかじゃん……これは幸先良いな。

基本、おにぎりの具はどれも好きだが一番好きなのはおかかだ。ほっとする味が好き。

「俺も食べようっと」

パクつきながら車を走らせることしばし。千佳さんのマンションに到着する。

五分ぐらい前に連絡を入れていたので既に出ていた三人とはすぐ会えた。

「悪いわね、ヒロくん」

「気にすんなって。それよか昨日も遅かったんだろ？　無理しなくて良いのに」

「流石にそういうわけには……梨華、ヒロくんにあんまり迷惑をかけないようにね？」

「はーい」

「サーナちゃん、困ったことがあったら遠慮なくヒロくんに頼るのよ？　こう見えてすっごく頼りになる人なんだから」

「はい。お気遣いありがとうございます」

「あ、ヒロくんこれ朝ごはん。簡単なもので悪いけど」

千佳さんもか……悪いねえ。

中身はサンドイッチか。良いね良いね。おにぎりもサンドイッチも大好きよ俺。

「サンキュ。ありがたく頂かせてもらうよ」

「ええ。それじゃあ、気を付けてね？」

「ああ。それじゃあまた」

さあ、改めて出発だ。

「ねえねえオジサン、双子ちゃんは？」

「後ろで寝てるよ」

「ああ、朝早いもんね。私も結構眠いし」

「眠くなったら寝て良いぞ」

「うん。ってかさ、キャンピングカーなんだね。外で普通にテント張るんだと思ってた」

「テントも積んであるよ。外で寝るのが合わない時はこっち使えば良いさ」

それに寝床以外にも色々使えるからな。

簡易キッチンやら充電やら、まあまあ不自由はしないと思う。

「こんな車も所有しておられるぐらいですしキャンプはよくされるのですか？」

「ははは、まあそれなりにね」

こんな車持ってるけど本来の用途で使うのは初めてです、とは言えんわな。

じゃあ何のために所有してんだよって言われたら答えられないもん。

（にしてもキャンプ……キャンプか……）

キャンプの経験がないわけではない。

小学校の頃に学校の行事で一回と中学で友人と二回ぐらい。そして……。

『あぁあああ！　下痢が！　下痢がとまんねぇえええええええええええ！！！？』
『佐藤ォオオオオオオオオ!!!!　ん？　あれ!?　俺も腹の調子が……!?』
『佐藤くぅうううううん!!!!　ちょっと待って僕も……あ、あ、あ……!?』
蘇る、青い春……いや青くはねえな。
どっちかっつーと茶色っつーか……。
『『あああああああああああああああ！！？！！』』
そしてキャンプでもねえな。あれはサバイバル訓練だ。
互助会が新人向けにやってたやつでいきなり拉致られて無人島に放り込まれたっけな。
流石にあれはどうなのよと今は廃止になったが……判断が遅すぎんだろ。
（いや無理か）
当時の互助会は腐ってて訓練にかこつけて気に入らないのを排除するとかやってたし。
「佐藤さん？　何か顔色悪くなってますけど大丈夫ですか？」
「……すまん。ちょっとキャンプの嫌な思い出が蘇った」
文字通りクソみたいな思い出だ。
でもまあ、
（悪いことばっかでも……なかったかな）
今思えば、だけど。

同刻　とあるマンションの一室

「……懐かしい夢だ」

心の宝石箱にしまい込んでいた青春の思い出。二度と帰ってはこない輝ける日々。

「……いや輝いてはいねえな」

野郎三人がサバイバルで腹下して垂れ流しになってた思い出を輝けるとは形容しまい。

悪いことばかりではなかったし、楽しい記憶ではあるのだがよりにもよって……。

「久しぶりに思い出した三人の記憶がそれって情緒もクソもありゃしねえ」

訣別《けつべつ》の日。佐藤に〝殺された日〟から顔を合わせていない。合わせる顔もない。

自分自身、どうすれば良いかわからなかったというのもある。

わかっているのは心臓が動いている以上、これからも人生は続くということだけ。

なるべく考えないようにしていた。

「前だけを見て走っていた。とか言えば聞こえは良いが」

何てことはない。過去《うしろ》を見るのが怖かったというだけの話。

泣きたくなるほど愛《いと》しい青い春に泥をかけちまったのは自分たちだ。

今はそれがどんなに素晴らしいものだったかわかっているから……思い出すのが辛い。

それでも佐藤のことだけは思い出さないようにしていても時々脳裏をよぎってしまう。

――――こういう時、アイツならどうするんだろう？

意図したわけではない。本当に極々自然に脳裏をよぎってしまう。

裏切ってしまった。あんな悲しい顔をさせてしまった。

罪悪感。贖罪の気持ちを抱くことすらおこがましいと何度も目を逸らしているのに気づけばまたあのヘラヘラとした笑顔が脳裏に浮かんでしまう。

「アイツは今、何やってんだろうな」

要領の良い男だった。大概のことはそつなくこなせて人からもよく好かれていた。

大人になってわかったが、ああいうのが社会で成功するタイプなのだろう。

だからきっと今もどこかで元気にやっている。自分たちのことなんか忘れて……。

「ふ、ふふふ」

チクリと胸が痛んだ。嘘。忘れてほしくなんかない。今でも引き摺《ず》っててほしい。

我ながら女々しいと思うが……〝今〟なら別にそれも構わないだろう。

「む」

センチな気分を払拭するようにスマホの着信音が鳴り響いた。同僚からだ。

「はいもしもし」

ベッドを下りて電話を片手に洗面所へ。

〈モーニングコールのつもりだったんだけど……早いね。起きてた？〉

「ああ。自然と目が覚めてな」

〈あら珍しい。はっちゃんてば朝弱いのに〉

はっちゃんというのはあだ名だ。高橋って名前で普通そこから取るか？

「まあたまにはこういう日もあるさ」

洗面所に到着。パジャマを脱ぎ捨て歯ブラシを手に取る。

〈あら、あらら〜？〉

「ンだよ」

しゃこしゃこと歯を磨きながら対応する。

子供を教える立場の人間としては実にお行儀が悪いがオフぐらいはご勘弁。

〈いや何。はっちゃんも興味なさそうに見えて実はやる気あったんだなって〉

「あぁん？」

〈あたしらも三〇代折り返し近いし……そろそろマジヤバいもんね〉

「何言ってんだ」

〈海で必ず、男捕まえるよ〉

金髪のいかにもなギャルが鏡に映っている。

〈逆ナン大作戦、絶対成功させようね！〉

「興味ねーよ」

今ではもうすっかり慣れてしまった新しい〝あたし〟の姿だ。

〈またまたそんなこと言っちゃってぇ〉

「ねーもんはねーんだよ」

〈……もしかして好きな人、いたりする？〉

「は？　そんなの」

どうしてか、言葉に詰まる。またしても脳裏をよぎったのは……。

〈やっぱり！　抜け駆けだぁ！〉

「ちげーよ」

あぁ……クッソ、会いたいなぁ……。

主人公になり損ねたオジサン／了

あとがき

はじめましてカブキマンと申します。

この度は拙作をお買い上げいただき誠にありがとうございます！

本作のコンセプトは〝王道からはみ出してしまった男の長い後日談〟です。

ある日突然、非日常に巻き込まれた少年がヒロインとの運命的な出会いを経て異能や人外が跋扈する裏の世界に足を踏み入れ大きな流れに巻き込まれていく……。

バトルだけでなく友情や甘酸っぱいボーイミーツガールなんかもあったりして正に王道中の王道。主人公の佐藤は一〇代の頃、そんなコッテコテの王道を歩いていました。しかしヒロインが攫われるイベントや敗北を経て更なる力をなどという〝お約束〟のことごとくを力業で踏破した結果王道をはみ出してしまいました。

良い感じだったヒロインともくっつくことなく道は分かれ決別した友は……などと何とも締まらない結果に。

ただ色鮮やかな物語が終わったからとて人生は続きます。

プータローを経てサラリーマンになりすっかり勤め人も板についてきた三〇半ばで佐藤の物語……本作【主人公になり損ねたオジサン】が始まります。

過去と現在のギャップ強すぎる男の話をより楽しんでもらうため、そして単なる焼き直しにならないようＷｅｂ掲載ではなかった過去の描写を加筆でちょこちょこ挟んでたりしますのでそこらも楽しんでくだされば嬉しいです。

最後に改めて心よりの感謝を伝えさせていただきたく存じます。

このような素晴らしい機会に恵まれたのはひとえに皆様のお力添えあってのこと。本当にありがとうございます！

次巻も皆様とお会いできることを願っています。それではまた！

主人公になり損ねたオジサン

発行日　2024年12月25日 初版発行

著者 カブキマン　イラスト 218

発行人　保坂嘉弘

発行所　株式会社マッグガーデン
〒102-8019 東京都千代田区五番町6-2
ホーマットホライゾンビル5F
編集 TEL：03-3515-3872　FAX：03-3262-5557
営業 TEL：03-3515-3871　FAX：03-3262-3436

印刷所　株式会社広済堂ネクスト

担当編集　須田房子（シュガーフォックス）

装　幀　木村慎二郎（BRiDGE）＋矢部政人

本書は、「小説家になろう」（https://syosetu.com/）作品に、加筆と修正を入れて書籍化したものです。

ISBN978-4-8000-1526-6 C0093　Printed in Japan

著者へのファンレター・感想等は〒102-8019（株）マッグガーデン気付
「カブキマン先生」係、「218先生」係までお送りください。